人生总会有出口

丰子恺 著

图书在版编目（CIP）数据

人生总会有出口 / 丰子恺著． — 重庆：重庆出版社，2022.12
ISBN 978-7-229-17080-6

Ⅰ．①人… Ⅱ．①丰… Ⅲ．①散文集—中国—现代当代 Ⅳ．①I266

中国版本图书馆 CIP 数据核字 (2022) 第 152486 号

人生总会有出口
RENSHENG ZONGHUI YOU CHUKOU
丰子恺 著

责任编辑：何　晶
策　　划：白　翎　玉　儿
责任校对：朱彦谚
装帧设计：刘　霄

重庆出版集团
重庆出版社　出版

重庆市南岸区南滨路 162 号 1 幢　邮政编码：400061　http://www.cqph.com
观见文化工作室制版
天津行知印刷有限公司印刷
重庆出版集团图书发行有限公司发行
E-MAIL:fxchu@cqph.com　邮购电话：023-61520646

全国新华书店经销

开本：880mm×1230mm　1/32　印张：10　字数：210 千
2022 年 12 月第 1 版　2022 年 12 月第 1 次印刷
ISBN 978-7-229-17080-6
定价：46.00 元

如有印装质量问题，请向本集团图书发行有限公司调换：023-61520678

版权所有　侵权必究

目录 CONTENTS

一、从孩子得到的启示

儿女 3

《儿童的年龄性质与玩具》译者序言
——儿童苦 9

青年与自然 13

爱子之心 22

给我的孩子们 25

从孩子得到的启示 30

美与同情 36

无学校的教育 41

二、学会艺术的生活

我的苦学经验 63

英语教授我观 78

读书 84

立达五周年纪念感想 88

学会艺术的生活 92

山水间的生活 96

精神的粮食 101

甘美的回味 104

敬礼 111

图画成绩 116

蜀江水碧蜀山青

三、艺术与人生

艺术与人生 127

美术与人生 138

不惑之礼
——自传之一章 141

艺术三昧 146

图画与人生 150

艺术教育的本质 156

惜春 161

四、车厢社会

车厢社会 167

实行的悲哀 174

宴会之苦 179

旧上海 185

闲居 193

算命 198

荣辱 201

五、生机

生机 207

陋巷 212

忆弟 219

阿难 224

小白之死 228

伯豪之死 234

随感十三则 245

六、无常之恸

无常之恸 255

我与弘一法师
——卅七年十一月廿八日
在厦门佛学会讲 264

为青年说弘一法师 270

法味 285

悼丏师 300

访梅兰芳 307

一、从孩子得到的启示

櫻桃豌豆分兒女

儿女

  回想四个月以前，我犹似押送囚犯，突然地把小燕子似的一群儿女从上海的租寓中拖出，载上火车，送回乡间，关进低小的平屋中。自己仍回到上海的租界中，独居了四个月。这举动究竟出于什么旨意，本于什么计划，现在回想起来，连自己也不相信。其实旨意与计划，都是虚空的，自骗自扰的，实际于人生有什么利益呢？只赢得世故尘劳，做弄几番欢愁的感情，增加心头的创痕罢了！

  当时我独自回到上海，走进空寂的租寓，心中不绝地浮起这两句《楞严》经文："十方虚空在汝心中，犹如白云点太清里；况诸世界在虚空耶！"

  晚上整理房室，把剩在灶间里的篮钵、器皿、余薪、余米，以及其他三年来寓居中所用的家常零星物件，尽行送给来帮我做短工的、邻近的小店里的儿子。只有四双破旧的小孩子的鞋子（不知为什么缘故），我不送掉，拿来整齐地摆在自己的床下，而且后来看到的时候常常感到一种无名的愉快。直到好几天之后，邻居的友人过来闲谈，说起这床下的小鞋子阴气迫人，我方始悟到自己的痴态，就把它们拿掉了。

朋友们说我关心儿女。我对于儿女的确关心，在独居中更常有悬念的时候。但我自以为这关心与悬念中，除了本能以外似乎尚含有一种更强的加味。所以我往往不顾自己的画技与文笔的拙陋，动辄描摹。因为我的儿女都是孩子们，最年长的不过九岁，所以我对于儿女的关心与悬念中，有一部分是对于孩子们——普天下的孩子们——的关心与悬念。他们成人以后我对他们怎样？现在自己也不能晓得，但可推知其一定与现在不同，因为不复含有那种加味了。

回想过去四个月的悠闲宁静的独居生活，在我也颇觉得可恋，又可感谢。然而一旦回到故乡的平屋里，被围在一群儿女的中间的时候，我又不禁自伤了。因为我那种生活，或枯坐，默想，或钻研，搜求，或敷衍，应酬，比较起他们的天真、健全、活跃的生活来，明明是变态的，病的，残废的。

有一个炎夏的下午，我回到家中了。第二天的傍晚，我领了四个孩子——九岁的阿宝、七岁的软软、五岁的瞻瞻、三岁的阿韦——到小院中的槐荫下，坐在地上吃西瓜。夕暮的紫色中，炎阳的红味渐渐消减，凉夜的青味渐渐加浓起来。微风吹动孩子们的细丝一般的头发，身体上汗气已经全消，百感畅快的时候，孩子们似乎已经充溢着生的欢喜，非发泄不可了。最初是三岁的孩子的音乐的表现，他满足之余，笑嘻嘻摇摆着身子，口中一面嚼西瓜，一面发出一种像花猫偷食时候的"ngam ngam"的声音来。这音乐的表现立刻唤起了五岁的瞻瞻的共鸣，他接着发表他的诗："瞻瞻吃西瓜，宝姐姐吃西瓜，软软吃西瓜，阿韦吃西瓜。"这诗的表现又立刻引起了七岁与九岁的孩子的散文的、数学的兴味：他们立刻把瞻瞻的诗句的意义归纳起来，报告其结果："四个人吃四块西瓜。"

于是我就做了评判者，在自己心中批判他们的作品。我觉得三岁的阿韦的音乐的表现最为深刻而完全，最能全般表出他的欢喜的感情。五岁的瞻瞻把这欢喜的感情翻译为（他的）诗，已打了一个折扣；然尚带着节奏与旋律的分子，犹有活跃的生命流露着。至于软软与阿宝的散文的、数学的、概念的表现，比较起来更肤浅一层。然而看他们的态度，全部精神没入在吃西瓜的一事中，其明慧的心眼，比大人们所见的完全得多。天地间最健全者的心眼，只是孩子们的所有物，世间事物的真相，只有孩子们能最明确、最完全地见到。我比起他们来，真的心眼已经因了世智尘劳而蒙蔽，斫丧，是一个可怜的残废者了。我实在不敢受他们"父亲"的称呼，倘然"父亲"是尊崇的。

我在平屋的南窗下暂设一张小桌子，上面按照一定的秩序而布置着稿纸、信笺、笔砚、墨水瓶、浆糊瓶、时表和茶盘等，不喜欢别人来任意移动，这是我独居时的惯癖。我——我们大人——平常的举止，总是谨慎、细心、端详、斯文。例如磨墨，放笔，倒茶等，都小心从事，故桌上的布置每日依然，不致破坏或扰乱。因为我的手足的筋觉已经由于屡受物理的教训而深深地养成一种谨惕的惯性了。然而孩子们一爬到我的案上,就捣乱我的秩序,破坏我的桌上的构图,毁损我的器物。他们拿起自来水笔来一挥,洒了一桌子又一衣襟的墨水点;又把笔尖蘸在浆糊瓶里。他们用劲拔开毛笔的铜笔套,手背撞翻茶壶,壶盖打碎在地板上……这在当时实在使我不耐烦,我不免哼喝他们,夺脱他们手里的东西,甚至批他们的小颊。然而我立刻后悔:哼喝之后立刻继之以笑,夺了之后立刻加倍奉还,批颊的手在中途软却,终于变批为抚。因为我立刻自悟其非:我要求孩子们的举止同我自己一样,何其乖谬!我——我们大人——的举止谨惕,是为了身体手足的筋觉已经受了种种现实的压迫而痉挛了的缘故。孩子们尚保有天赋的健全的身手与真朴活跃的元气,岂像我们的穷屈?揖让、进退、规行、矩步等大人们的礼貌,犹如刑具,都是戕贼这天赋的健全的身手的。于是活跃的人逐渐变成了手足麻痹、半身不遂的残废者。残废者要求健全者的举止同他自己一样,何其乖谬!

  儿女对我的关系如何?我不曾预备到这世间来做父亲,故心中常是疑惑不明,又觉得非常奇怪。我与他们(现在)完全是异世界的人,他们比我聪明、健全得多;然而他们又是我所生的儿女。这是何等奇妙的关系!世人以膝下有儿女为幸福,希望以儿女永续其自我,我实在不解他们的心理。我以为世间人与人的关系,最自然最合理的莫如朋友。君臣、父子、昆弟、夫妇之情,在十分自然合理的时候都不外乎是一种广义的友谊。所以朋友之情,实在是一切人情的基础。"朋,同类也。"并育于大地上的人，都是同类的朋友，共为大自然的儿女。世间的人，忘却了他们的大父母，而只知有小父母，以为父母能生儿女，儿女为父母所生，故儿女可以永续父母的自我，而使之永存。于是无子者叹天道之无知，子不肖者自伤其天命，而狂进杯中之物，其实天道有何厚薄于其齐生并育的儿女！我真不解他们的心理。

近来我的心为四事所占据了：天上的神明与星辰，人间的艺术与儿童，这小燕子似的一群儿女，是在人世间与我因缘最深的儿童，他们在我心中占有与神明、星辰、艺术同等的地位。

        1928年夏作于石门湾平屋

儿童散学归来早

《儿童的年龄性质与玩具》译者序言
——儿童苦

我近来深感于世间为儿童者的苦痛。这是明显的事实：试看现在的家庭里，桌子都比小孩子的头高，椅子都是小孩子所坐不着的，门都是小孩子开不着的，谈的话与做的事都是小孩子所听不懂又感不到兴味的。设身处地地想来，假如我们大人到了这样一个设备不称身而言行莫名其妙的异人的家庭里去生活，我们当感到何等的苦痛！这是儿童苦的证据，也是大人虐待小孩子的证据。我回想所见的大多数的家庭，为父母者差不多全然不承认小孩子在家庭里的地位，一切日常生活诸事，都以大人自己为本位，把小孩子当作附属物，全不参考小孩子的意见，顾到小孩子的方便，或征求小孩子的同意。

尤为甚者，小孩子的主张、意见与大人冲突的时候，大人不讲理地拒绝、斥骂，甚至殴打。其实小孩子们也自有感情，也自有其人生观、世界观及其活动、欲求、烦闷、苦衷，大人们都难得理解。我以前不曾注意于此，近来家里的孩子们都长到三四岁以上，我同他们天天接近，方才感到，不禁对他们发生了深切的同情。推想世间一切小孩子，定然也如此。设身处地为他们想起来，颇为代抱不平。近来革命军光复上海，我常从小孩子口中听到"革命革命成功，革命革命成功"的唱歌声，我想：青天白日之下，一切压迫都得解除，一切冤屈都得伸展，你们这样高唱，莫非也要运动组织小孩子公会，对大人们提出条件，或打倒大人吗？

　　大人的无礼待遇小孩子的事实，不可尽述。总之，他们视小孩子为家庭的附属物，为妨碍他们的生活的赘疣。从来的大人，尤其是男的大人，大多数厌恶小孩子，不准小孩子到客堂上、书房里，说他们要捣乱；不准小孩子弄较贵的东西，说他们要伤坏。小孩子是很龌龊、很野蛮的东西，一向被委于奴仆之手。大人的养小孩子，讲得严酷一点，竟同养鸡养猪一样，差不多不承认小孩子有精神生活。因之对于小孩子的职务的"游戏"，非但不加维护，且常常摧残、禁止，名之曰"闹"，曰"吵"，曰"儿戏"；二三十年前的私塾先生看见小孩子折纸、弄泥，要打手心，固然岂有此理；然而二三十年后的今日，也难得有几个家庭注意于小孩子的精神生活。

　　我很同情于儿童的苦痛，拟代他们申诉，又为他们宣传、要求，以促世间一般的大人的注意。这篇译文便是其工作之一。

　　游戏是儿童的职务，玩具是游戏的工具。在大人们看来以为"玩具已耳",但儿童的视玩具,与木工的视斧斤,商人的视算盘,画家的视画箱,音乐家的视乐器同样重大。一个家庭里,为大人的设备已经很多了;为儿童设备一点玩具,原非份外的要求。玩具甚样是适当的?即甚样年龄应该用甚样的玩具?甚样性质应用甚样的玩具?是本文的主题。著者关宽之氏曾为东京玩具展览会的审查长,又曾著《玩具与儿童教育》《吾儿的玩具》等书。这一篇文就是从后面一册书中节译出来的。(唯文中有数处,例如玩具实例,因有数种为日本流行而我国所无者,均已略去或改换,附志于此。)

几人相忆在江楼

青年与自然

英诗人瓦资瓦斯（华兹华斯）（Wordsworth）的诗里说道："嫩草萌动的春天的田野所告我们的教训，比古今圣贤所说的法语指示我们更多的道理。"这正是赞美自然对人的感化力，又正是艺术教育的简要的解说，吾人每当花晨月夕，起无限的感兴。人生精神的发展，思想的进步，至理的觉悟，已往的忏悔，未来的企图：一切这等的动机，大都在这等花晨月夕的感兴中发生的。青年受自然的感化和暗示最多。青年是人生最中坚的、最精彩的、最有变化的一部分。青年一步步地踏进成人的境域去的时候，对于他们所天天接近而最不解的自然，容易发生种种的能动的疑问。这等疑问唤起了他们的无限的感想，这感想各人不同，各用以影响到自己的意志和行为。在孩儿时代，是感观主宰的时代，那时对自然所起的感情大都是受动的。在成人时代，阅世较深，现实的境遇比较的固定，自然的感化也鲜能深入他们的腑肺，但不过有时引起一时的感兴。唯有极盛的青年期受自然的感化最多。

吾人所常接近的自然,如日月星辰,山川花木等,其中花和月最与人亲。在自然中,月仿佛是慈爱的圣母Maria(马利亚),花仿佛是绰约的女神Aphrodite(阿佛洛狄忒),常常对人作温和的微笑。

人散后,一钩新月天如水

青年与月

吾人一切的感觉，最初是由"光"而起的。所以光的感化人比其他一切更大。例如曙光、晨星等，足以唤起人的宗教心。人对于光的注目，也比对其他一切更易。小孩生后数小时，就有明暗的感觉，数日，便能欢迎适当的光，半年，就能对洋灯①微笑。这可以证明人类对光本来是欢迎的。不但幼时，成人喜光的证据也很多。例如妇人们不惜千金去购金刚石、明玉，蛮人集玻璃片或种种发光的东西来装饰，都可以证明凡人是生来有爱光的共通性的。

月是有光物体的一种。月的光有一种特有的性质。是天体中最切实的有兴味的东西。所以月给与青年的影响更大。

（一）月是宗教的感情的必要的创造者。在幻觉时代的孩儿，见了挂在天空中的明净的白玉盘，每起奇妙的无顿着②的空想。所谓活物主义，便是他们把月拟人。以为月是太阳的亲戚，对月唱歌，对月舞蹈。他们以月为友，且以为月也是以友情对待儿童的，欢喜儿童在他月面歌舞，否则他便嫌寂寞。又或想象月里有神，有孩子群，有玩具。或梦想身入月中，和月同游。在小儿话或歌中，常可以见到这种幻觉，到了十四五岁以后的青年期，变为更有力的感情。精神正当发达的青年对这神秘的、不可思议的月亮所起的感想，是最有同情的关系于青年的精神

---

① 洋灯，旧时对煤油灯的称呼。
② 无顿着，日文中此三汉字，意为"漫不经心"。

的宗教的感情生活的。又青年对这纯洁无疵的月亮所起的感情，是最有密接的联络于青年的道德的生活的。儿童时代对月的荒唐的"空想"的本身，到青年时变形为"思慕"、"畏敬"和"求爱"，儿童时代的月中的存在的空想，到了青年期也变了一种力——自发的陶冶身心的力了。

精神发达的青年，对月所起的感想，关于客观的月的感想少，关于因对月而生起的主观方面的感想更多。夜本来是一日的最深沉的、最幽邃的一部分，就是一日的神秘的时间，又可说是人的退省时间。有月的夜，更容易诱起人的沉思和遐想。望月的人心灵似乎暂时脱离人境，逍遥于琼楼高处，因之此时外界的感触几于绝灭，内部的精神十分明了。此时往往诱起对于高泛的生命的无限的希望，将心灵迫近向宗教去。所以各人种的起初，大都以月为崇拜的对象，这感情到后来就变为对于"神"和"真""善""美"的感情。

（二）月暗示"爱"。月的团圆的形、月的温柔的光，和月下的天国似的世界，凡关于月的东西，无不和青年的神圣的"爱"相调和，且同性质的。心的爱的世界的状态，可以拿月夜的银灰色的世界来代表的。所以月夜的青年，容易被唤起爱的感情：月下追念亡父母或友人，在月中看出亡父母或友人的容颜。或者月下隐闻亡父母或友人的语声，又或想起离别的恋人或至友，乞月的传言寄语，在诗词中所常见的。"多磨恋爱"（stormy love）的青年，因月的感化，足以维持纯洁的精神，不致流于堕落或自弃。"多磨恋爱"的青年女子，往往对月暗诉她的困难的心事，向月祈愿，用这慰藉来鼓励她的勇气，维持她的希望。在实际上，这泛爱的月真是慈母似地佑护青年，真已完全酬答青年对月的祈愿了。试看瑞烟笼罩的大地上，万人均得浴月的柔光。这正是表示月的泛爱，且助人与人的爱。

（三）月狂。因月怀乡，因月生愁，或中夜不寐，或对月涕泣等事，美国斯当来·霍尔氏说是一种精神病，称为"月狂"。这种状态在青年期最多。境遇坎坷的青年，飘泊的青年，最易罹这病。原来月光有一种抽发人心的愤懑的力。人见月就惹起怨恨和愤懑。诗中所谓："举头望明月，低头思故乡"，是见月伤飘泊的诗。类此者颇多。血气方刚的青年，胸中藏着的幽愤，在日里为外界的感触所阻抑，郁积于内，遇到这种力，就发泄出来，甚者便月狂。此时优美的月色在这等青年们的眼里，已变为所谓"伤心色"了。这病影响于消化、发育、睡眠、健康很大。

青年与花

幼儿最初的美感是对于花的美感。因为花有美的姿态、可爱的色彩、芳香的气味。在自然物中，是最足以惹人注意的东西。花在下界的地位，仿佛月在天空。幼儿对花，完全是幻觉的。他们与花接吻、抱花、为花祈雨。这种拟人的态度，到青年期仍是大部分残存着。人类生来就爱花，因此花及于人的影响自然也大。

（一）青年对花的同情。幼儿时代对花的拟人的态度的形式，到青年时代还残存着，不过内容变易了。幼儿对花是客观的纯粹的活物主义，青年则带几分主观的色彩。在对花所起的感情的背面，同时起一种对于自身的感触。因为花与青年——特别是女子——在各点上相类似的：生命的丰富、色彩的繁荣、元气的旺盛等，都相类似。花可说是青年的象征，所以青年对花分外有同情，分外爱花。爱花便是他们的自爱。花遭难时，更易得青年的同情。所谓"惜花"、"葬花"，实在是他们的自伤。所谓"花开堪折直须折，莫待无花空折枝"实在是他们的自励。因这同情，青年对花大都是拟人的。不过这拟人的态度的内容和孩儿时代的拟人的内容不同，青年的拟人对花，实在是因花生起别种联想。少女与花，有更密切的相似点。因之对花容易使人起淑女的联想。所谓"解语花"、"薄命花"、"轻薄桃花"等，都是以花喻女的，又如Moore（穆尔）的诗中所谓"All her lovely companions are faded and gone…"（"她那些可爱的姐妹，早已不在枝头上……"）也是以花比少女。这样的例不少。少女自己，也是默认花是自己的表号的。她们爱花、栽花、采花，又簪花、吻花，这种举动的背面，隐着少女们的一种自觉——这样明媚鲜妍的自然的精华，正是我们女性的表号。

人生青年时代犹四季的春天，故曰青春。在时期的关系上，青年与花已有相同的境遇。又青年时代的一切思想感情等精神界的发达，都极绮丽发扬，与花的妩媚极合。因此青年见花仿佛是同调的知交，自然地发生同情。

（二）花给与青年道德的感想。花的形质的清雅不凡，使青年起道德的思想。花的形色，表示人生的复杂的象征：例如就色而论，白色表示纯洁，赤色表示爱情和繁荣，紫色有王者的象征。就形而论，桃花梅花表示复杂的统一，菊花表示整齐，玫瑰花牡丹花表示结构的调和，紫藤花等表示变化的统一。这等象征，在不知不觉之间给青年道德的暗示。菊花的凌霜，梅花的耐寒，对人也有一种孤高纯洁的暗示，山间的花、水溪的花、人迹绝少到的地方的花，也同样地开颜发艳、不求人知。这给人更高尚的暗示，引起人的超然遗世的感想。诗所谓："涧户寂无人，纷纷开且落。"读之引起人对于自然的神秘的探究心，终于崇敬自然的神秘，感入自己的心身。女子受花的道德的暗示，更大于男子。

（三）花给与青年美的感情。青年的艺术修养方面，得益于花的感化不少。花实在是自然界的精英，是自然美中的最显著的。拉斯京（罗斯金）说："见了一大堆火药爆发，或一处陈列十分华丽的商店，一点也没有可以赞美的价值；见了花苞的开放，倒是极有赞美的价值的。"花在实用上，效用极少，不过极少数的几种作药品等用，此外大都是专供装饰的。然而实际上，装饰用的花赐与人们的恩惠真非浅鲜。青年因花而直接陶冶美的感情，又间接影响于道德。无论家庭学校，凡青年所居的地方，皆宜有花，这是艺术教育上最有价值的事件。实利的家庭，以种花为虚空无益的事。实利的学校，养鸡似的待遇学生，更不梦想到青年的直观教育的重大。所谓"爱情的只影也不留的、仓库似的校舍"，实在是对于青年的直觉能力的修养给与破坏的感化的。艺术教育发达的国学校园内的栽植和宿舍内的花卉布置，极郑重从事的。即使在都会的、地面狭窄的学校，也必设小巧的花台或窗头的盆栽。在实利的人们看来以为虚饰，独不知这是学生的精神的保护者。

要之，月和花的本身是"美"，月和花的对青年是"爱"。青年对花月——对一切自然——不可不使自身调和于这美和爱，且不可不"有情化"这等自然。"有情化"了这等自然，这等自然就会对青年告说种种的宝贵的教训。不但花月，一切自然，常暗示我们美和爱：蝴蝶梦萦的春野，木疏风冷的秋山，就是路旁的一草一石，倘用了纯正的优美又温和的同感的心而照观，这等都是专为我们而示美，又专为我们而示爱的。优美的青年们！近日秋月将圆，黄花盛开。当月色横空、花荫满庭之夜，你们正可以亲近这月魄花灵，永结神圣之爱！

1922年10月在白马湖上月下
浙江上虞春晖中学校刊《春晖》第3号（1922年12月1日）

饮水思源

爱子之心

吾乡风俗，给孩子取名常用"丫头"，"小狗"，"和尚"等。倘到村庄上去调查起来，可见每个村庄上名叫丫头的一定不止一个，有大丫头，小丫头等；名叫和尚的也一定不止一个，有三和尚，四和尚等。不但村庄上如此，镇上，城里，也有着不少的丫头，小狗和和尚。名叫丫头的有时是一个老头子。名叫小狗的有时是一条大汉，名叫和尚的有时是一个富商。我在闻名见面时，往往忍不住要笑出来。

这种名字当然不是本人自己要取的，原是由乳名沿用而来的，但他们的父母为什么给他们取这种乳名呢？窥察他们的用意，大概出于爱子之心。这种人的孩子时代大概是宠儿或独子。父母深恐他们不长养，因而给他们取这种名字。

为什么给孩子取名丫头，小狗，或和尚，孩子便会长养呢？窥察他们的理论是这样：世间可贵的东西往往容易丧失，而贱的东西偏生容易长养。故要宠儿或独子长养，只要在名义上把他们假装为贱的，死神便受他们的欺骗，不会来光顾了。故普通给孩子取名，大都取个福生，寿生，富生，或贵生；但给宠儿或独子取名，这等好字眼都用不着。并非不要他有福，有寿，大富，大贵，只因宠儿或独子，本身已经太贵而有容易丧失的危险。欲杜死神的觊觎而防危险，正宜取最贱的称呼。他们以为世间贱的东西，是女人，畜生和和尚。故宠儿或独子的名字取了"丫头"，"小狗"，或"和尚"，死神听见了便以为他真是丫头，真是和尚，或者真是一只小狗，就放他壮健地活在世上了。

"丫头"这称呼，在吾乡有两种用法：镇上人称使女为丫头，乡下人称女儿为丫头。无论为使女或女儿，总之，丫头就是女孩子。女人是贱的，女孩子是女人中之小者，故丫头犹言"小贱人"。以此称呼宠儿或独子给死神听，最为稳当。故一村之中，名叫丫头的一定不止一个。

畜生的贱，不言可知，但其中最贱的是狗，因为它是吃屎的。故宠儿独子只要实际不吃屎，不妨取名小狗。

至于和尚，在吾乡也是贱的东西。把儿子卖给寺里作小和尚，丰年也只卖三块钱一岁，荒年白送也没有人要。这样看来，小和尚比猪羊等畜生更贱。故名叫和尚的孩子尤多。但又有人说，这名字除此以外还有一种法力：和尚是修行的，修行是积福积寿的。取名为和尚，可免修行之苦，而得福寿之利，也是一种不劳而获的方法。

1933 年 6 月 29 日

《东方杂志》第 30 卷第 16 号（1933 年 8 月 16 日）

乘风凉

给我的孩子们

我的孩子们！我憧憬于你们的生活，每天不止一次！我想委曲地说出来，使你们自己晓得。可惜到你们懂得我的话的意思的时候，你们将不复是可以使我憧憬的人了。这是何等可悲哀的事啊！

瞻瞻！你尤其可佩服。你是身心全部公开的真人。你什么事体都像拼命地用全副精力去对付。小小的失意，像花生米翻落地了，自己嚼了舌头了，小猫不肯吃糕了，你都要哭得嘴唇翻白，昏去一两分钟。外婆普陀去烧香买回来给你的泥人，你何等鞠躬尽瘁地抱他，喂他；有一天你自己失手把他打破了，你的号哭的悲哀，比大人们的破产、失恋、broken heart（心碎）、丧考妣、全军覆没的悲哀都要真切。两把芭蕉扇做的脚踏车，麻雀牌堆成的火车、汽车，你何等认真地看待，挺直了嗓子叫"汪——"，"咕咕咕……"，来代替汽笛。宝姐姐讲故事给你听，说到"月亮姐姐挂下一只篮来，宝姐姐坐在篮里吊了上去，瞻瞻在下面看"的时候，你何等激昂地同她争，说"瞻瞻要上去，宝姐姐在下面看！"甚至哭到漫姑（漫姑，即作者的三姐丰满）面前去求审判。我每次剃了头，你真心地疑我变了和尚，好几时不要我抱。最是今年夏天，你坐在我膝上发现了我腋下的长毛，当作黄鼠狼的时候，你何等伤心，你立刻从我身上爬下去，起初眼瞪瞪地对我端相，继而大失所望地号哭，看看，哭哭，如同对被判定了死罪的亲友一样。你要我抱你到车站里去，多多益善地要买香蕉，满满地擒了两手回来，回到门口时你已经熟睡在我的肩上，手里的香蕉不知落在哪里去了。这是何等可佩服的真率，自然，与热情！大人间的所谓"沉默"，"含蓄"，"深刻"的美德，比起你来，全是不自然的，病的，伪的！

你们每天做火车，做汽车，办酒，请菩萨，堆六面画，唱歌，全是自动的，创造创作的生活。大人们的呼号"归自然！""生活的艺术化！""劳动的艺术化！"在你们面前真是出丑得很了！依样画几笔画，写几篇文的人称为艺术家，创作家，对你们更要愧死！

你们的创作力，比大人真是强盛得多哩：瞻瞻！你的身体不及椅子的一半，却常常要搬动它，与它一同翻倒在地上；你又要把一杯茶横转来藏在抽斗里，要皮球停在壁上，要拉住火车的尾巴，要月亮出来，要天停止下雨。在这等小小的事件中，明明表示着你们的小弱的体力与智力不足以应付强盛的创作欲、表现欲的驱使，因而遭逢失败。然而你们是不受大自然的支配，不受人类社会的束缚的创造者，所以你的遭逢失败，例如火车尾巴拉不住，月亮呼不出来的时候，你们决不承认是事实的不可能，总以为是爹爹妈妈不肯帮你们办到，同不许你们弄自鸣钟同例,所以愤愤地哭了,你们的世界何等广大!

你们一定想:终天无聊地伏在案上弄笔的爸爸,终天闷闷地坐在窗下弄引线的妈妈,是何等无气性的奇怪的动物!你们所视为奇怪动物的我与你们的母亲,有时确实难为了你们,摧残了你们,回想起来,真是不安心得很!

阿宝!有一晚你拿软软的新鞋子,和自己脚上脱下来的鞋子,给凳子的脚穿了,袜立在地上,得意地叫"阿宝两只脚,凳子四只脚"的时候,你母亲喊着"龌龊了袜子!"立刻擒你到藤榻上,动手毁坏你的创作。当你蹲在榻上注视你母亲动手毁坏的时候,你的小心里一定感到"母亲这种人,何等杀风景而野蛮"吧!

瞻瞻!有一天开明书店送了几册新出版的毛边的《音乐入门》来。我用小刀把书页一张一张地裁开来,你侧着头,站在桌边默默地看。后来我从学校回来,你已经在我的书架上拿了一本连史纸印的中国装的《楚辞》,把它裁破了十几页,得意地对我说:"爸爸!瞻瞻也会裁了!"瞻瞻!这在你原是何等成功的欢喜,何等得意的作品!却被我一个惊骇的"哼!"字喊得你哭了。那时候你也一定抱怨"爸爸何等不明"吧!

软软!你常常要弄我的长锋羊毫,我看见了总是无情地夺脱你。现在你一定轻视我,想道:"你终于要我画你的画集的封面!"①

最不安心的,是有时我还要拉一个你们所最怕的陆露沙医生来,教他用他的大手来摸你们的肚子,甚至用刀来在你们臂

---

① 《子恺画集》的封面画是软软所作。

—27

上割几下,还要教妈妈和漫姑擒住了你们的手脚,捏住了你们的鼻子,把很苦的水灌到你们的嘴里去。这在你们一定认为是太无人道的野蛮举动吧!

孩子们!你们果真抱怨我,我倒欢喜;到你们的抱怨变为感谢的时候,我的悲哀来了!

我在世间,永没有逢到像你们样出肺肝相示的人。世间的人群结合,永没有像你们样的彻底地真实而纯洁。最是我到上海去干了无聊的所谓"事"回来,或者去同不相干的人们做了叫做"上课"的一种把戏回来,你们在门口或车站旁等我的时候,我心中何等惭愧又欢喜!惭愧我为什么去做这等无聊的事,欢喜我又得暂时放怀一切地加入你们的真生活的团体。

但是,你们的黄金时代有限,现实终于要暴露的。这是我经验过来的情形,也是大人们谁也经验过的情形。我眼看见儿时的伴侣中的英雄,好汉,一个个退缩、顺从、妥协、屈服起来,到像绵羊的地步。我自己也是如此。"后之视今,亦犹今之视昔",你们不久也要走这条路呢!

我的孩子们!憧憬于你们的生活的我,痴心要为你们永远挽留这黄金时代在这册子里。然这真不过像"蜘蛛网落花"略微保留一点春的痕迹而已。且到你们懂得我这片心情的时候,你们早已不是这样的人,我的画在世间已无可印证了!这是何等可悲哀的事啊!

《子恺画集》代序,1926 耶诞节作

《文学周报》第 4 卷第 6 期(1926 年 12 月 26 日)

妹妹新娘子

从孩子得到的启示

一

晚上喝了三杯老酒,不想看书,也不想睡觉,捉一个四岁的孩子华瞻来骑在膝上,同他寻开心。我随口问:

"你最喜欢什么事?"

他仰起头一想,率然地回答:

"逃难。"

我倒有点奇怪:"逃难"两字的意义,在他不会懂得,为什么偏偏选择它?倘然懂得,更不应该喜欢了。我就设法探问他:

"你晓得逃难就是什么?"

"就是爸爸、妈妈、宝姐姐、软软……娘姨,大家坐汽车,去看大轮船。"

啊!原来他的"逃难"的观念是这样的!他所见的"逃难",是"逃难"的这一面!这真是最可喜欢的事!

一个月以前，上海还属孙传芳的时代，国民革命军将到上海的消息日紧一日，素不看报的我，这时候也定一份《时事新报》，每天早晨看一遍。有一天，我正在看昨天的旧报，等候今天的新报的时候，忽然上海方面枪炮声起了，大家惊皇失色，立刻约了邻人，扶老携幼地逃到附近的妇孺救济会里去躲避。其实倘然此地果真进了战线，或到了败兵，妇孺救济会也是不能救济的。不过当时张皇失措，有人提议这办法，大家就假定它为安全地带，逃了进去。那里面地方大，有花园、假山、小川、亭台、曲栏、长廊、花树、白鸽，孩子一进去，登临盘桓，快乐得如入新天地了。忽然兵车在墙外轰过，上海方面的机关枪声、炮声，愈响愈近，又愈密了。大家坐定之后，听听，想想，方才觉得这里也不是安全地带，当初不过是自骗罢了。有决断的人先出来雇汽车逃往租界。每走出一批人，留在里面的人增一次恐慌。我们结合邻人来商议，也决定出来雇汽车，逃到杨树浦的沪江大学。于是立刻把小孩子们从假山中、栏杆内捉出来，装进汽车里，飞奔杨树浦了。

　　所以决定逃到沪江大学者，因为一则有邻人与该校熟识，二则该校是外国人办的学校，较为安全可靠。枪炮声渐远渐弱，到听不见了的时候，我们的汽车已到沪江大学。他们安排一个房间给我们住，又为我们代办膳食。傍晚，我坐在校旁的黄浦江边的青草堤上，怅望云水遥忆故居的时候，许多小孩子采花、卧草，争看无数的帆船、轮船的驶行，又是快乐得如入新天地了。

　　次日，我同一邻人步行到故居来探听情形的时候，青天白日的旗子已经招展在晨风中，人人面有喜色，似乎从此可庆承平了。我们就雇汽车去迎回避难的眷属，重开我们的窗户，恢复我们的生活。从此"逃难"两字就变成家人的谈话的资料。

这是"逃难"。这是多么惊慌、紧张而忧患的一种经历！然而人物一无损丧，只是一次虚惊；过后回想，这回好似全家的人突发地出门游览两天。我想假如我是预言者，晓得这是虚惊，我在逃难的时候将何等有趣！素来难得全家出游的机会，素来少有坐汽车、游览、参观的机会。那一天不论时，不论钱，浪漫地、豪爽地、痛快地举行这游历，实在是人生难得的快事！只有小孩子真果感得这快味！他们逃难回来以后，常常拿香烟篓子来叠作栏杆、小桥、汽车、轮船、帆船；常常问我关于轮船、帆船的事；墙壁上及门上又常常有有色粉笔画的轮船、帆船、亭子、石桥的壁画出现。可见这"逃难"，在他们脑中有难忘的欢乐的印象。所以今晚我无端地问华瞻最欢喜什么事，他立刻选定这"逃难"。原来他所见的，是"逃难"的这一面。

不止这一端：我们所打算、计较、争夺的洋钱，在他们看来个个是白银的浮雕的胸章；仆仆奔走的行人，血汗涔涔的劳动者，在他们看来个个是无目的地在游戏，在演剧；一切建设，一切现象，在他们看来都是大自然的点缀，装饰。

唉！我今晚受了这孩子的启示了：他能撤去世间事物的因果关系的网，看见事物的本身的真相。他是创造者，能赋给生命于一切的事物。他们是"艺术"的国土的主人。唉，我要从他学习！

二①

两个小孩子,八岁的阿宝与六岁的软软,把圆凳子翻转,叫三岁的阿韦坐在里面。他们两人同他抬轿子。不知哪一个人失手,轿子翻倒了。阿韦在地板上撞了一个大响头,哭了起来。乳母连忙来抱起。两个轿夫站在旁边呆看。乳母问:"是谁不好?"

阿宝说:"软软不好。"

软软说:"阿宝不好。"

阿宝又说:"软软不好,我好!"

软软也说:"阿宝不好,我好!"

阿宝哭了,说:"我好!"

软软也哭了,说:"我好!"

他们的话由"不好"转到了"好"。乳母已在喂乳,见他们哭了,就从旁调解:

"大家好,阿宝也好,软软也好,轿子不好!"

孩子听了,对翻倒在地上的轿子看看,各用手背揩揩自己的眼睛,走开了。

孩子真是愚蒙。直说"我好",不知谦让。

所以大人要称他们为"童蒙","童昏",要是大人,一定懂得谦让的方法:心中明明认为自己好而别人不好,口上只是隐隐地或转弯地表示,让众人看,让别人自悟。于是谦虚,

---

① 此第二文在1957年版《缘缘堂随笔》中被删去。

聪明，贤慧等美名皆在我了。

讲到实在，大人也都是"我好"的。不过他们懂得谦让的一种方法，不像孩子地直说出来罢了。谦让方法之最巧者，是不但不直说自己好，反而故意说自己不好。明明在谆谆地陈理说义，劝谏君王，必称"臣虽下愚"。明明在自陈心得，辩论正义，或惩斥不良、训诫愚顽，表面上总自称"不佞"，"不慧"，或"愚"。习惯之后，"愚"之一字竟通用作第一身称的代名词，凡称"我"处，皆用"愚"。常见自持正义而赤裸裸地骂人的文字函牍中，也称正义的自己为"愚"，而称所骂的人为"仁兄"。这种矛盾，在形式上看来是滑稽的；在意义上想来是虚伪的，阴险的。"滑稽"，"虚伪"，"阴险"，比较大人评孩子的所谓"蒙"，"昏"，丑劣得多了。

对于"自己"，原是谁都重视的。自己的要"生"，要"好"，原是普遍的生命的共通的大欲。今阿宝与软软为阿韦抬轿子，翻倒了轿子，跌痛了阿韦，是谁好谁不好，姑且不论；其表示自己要"好"的手段，是彻底地诚实，纯洁而不虚饰的。

我一向以小孩子为"昏蒙"。今天看了这件事，恍然悟到我们自己的昏蒙了。推想起来，他们常是诚实的，"称心而言"的；而我们呢，难得有一日不犯"言不由衷"的恶德！

唉！我们本来也是同他们那样的，谁造成我们这样呢？

1926 年作

《小说月报》第 18 卷第 7 号（1927 年 7 月 10 日）

借问过墙双蛱蝶

美与同情

有一个儿童，他走进我的房间里，便给我整理东西。他看见我的挂表的面合复在桌子上，给我翻转来。看见我的茶杯放在茶壶的环子后面，给我移到口子前面来。看见我床底下的鞋子一顺一倒，给我掉转来。看见我壁上的立幅的绳子拖出在前面，搬了凳子，给我藏到后面去。我谢他："哥儿，你这样勤勉地给我收拾！"

他回答我说："不是，因为我看了那种样子，心情很不安适。"是的，他曾说："挂表的面合复在桌子上，看它何等气闷！""茶杯躲在它母亲的背后，教它怎样吃奶奶？""鞋子一顺一倒，教它们怎样谈话？""立幅的辫子拖在前面，像一个鸦片鬼。"我实在钦佩这哥儿的同情心的丰富。

从此我也着实留意于东西的位置，体谅东西的安适了。它们的位置安适，我们看了心情也安适。于是我恍然悟到，这就是美的心境，就是文学的描写中所常用的手法，就是绘画的构图上所经营的问题。这都是同情心的发展。普通人的同情只能及于同类的人，或至多及于动物；但艺术家的同情非常深广，与天地造化之心同样深广，能普及于有情、非有情的一切物类。

我次日到高中艺术科上课，就对她们作这样的一番讲话：世间的物有各种方面，各人所见的方面不同。譬如一株树，在博物家，在园丁，在木匠，在画家，所见各人不同。博物家见其性状，园丁见其生息，木匠见其材料，画家见其姿态。但画家所见的，与前三者又根本不同。前三者都有目的，都想起树的因果关系，画家只是欣赏目前的树的本身的姿态，而别无目的。所以画家所见的方面，是形式的方面，不是实用的方面。

换言之，是美的世界，不是真善的世界。美的世界中的价值标准，与真善的世界中全然不同，我们仅就事物的形状、色彩、姿态而欣赏，更不顾问其实用方面的价值了。所以一枝枯木，一块怪石，在实用上全无价值，而在中国画家是很好的题材。无名的野花，在诗人的眼中异常美丽。故艺术家所见的世界，可说是一视同仁的世界，平等的世界。艺术家的心，对于世间一切事物都给以热诚的同情。

故普通世间的价值与阶级，入了画中便全部撤销了。画家把自己的心移入于儿童的天真的姿态中而描写儿童，又同样地把自己的心移入于乞丐的病苦的表情中而描写乞丐。画家的心，必常与所描写的对象相共鸣共感，共悲共喜，共泣共笑；倘不具备这种深广的同情心，而徒事手指的刻划，决不能成为真的画家。即使他能描画，所描的至多仅抵一幅照相。

画家须有这种深广的同情心，故同时又非有丰富而充实的精神力不可。倘其伟大不足与英雄相共鸣,便不能描写英雄;倘其柔婉不足与少女相共鸣,便不能描写少女。故大艺术家必是大人格者。

艺术家的同情心,不但及于同类的人物而已,又普遍地及于一切生物、无生物;犬马花草,在美的世界中均是有灵魂而能泣能笑的活物了。诗人常常听见子规的啼血,秋虫的促织,看见桃花的笑东风,蝴蝶的送春归;用实用的头脑看来,这些都是诗人的疯话。

其实我们倘能身入美的世界中,而推广其同情心,及于万物,就能切实地感到这些情景了。画家与诗人是同样的,不过画家注重其形式姿态的方面而已。没有体得龙马的活力,不能画龙马;没有体得松柏的劲秀,不能画松柏。

中国古来的画家都有这样的明训。西洋画何独不然?我们画家描一个花瓶,必其心移入于花瓶中,自己化作花瓶,体得花瓶的力,方能表现花瓶的精神。我们的心要能与朝阳的光芒一同放射,方能描写朝阳;能与海波的曲线一同跳舞,方能描写海波。这正是"物我一体"的境涯,万物皆备于艺术家的心中。

为了要有这点深广的同情心,故中国画家作画时先要焚香默坐,涵养精神,然后和墨伸纸,从事表现。其实西洋画家也需要这种修养,不过不曾明言这种形式而已。不但如此,普通的人,对于事物的形色姿态,多少必有一点共鸣共感的天性。

房屋的布置装饰,器具的形状色彩,所以要求其美观者,就是为了要适应天性的缘故。眼前所见的都是美的形色,我们的心就与之共感而觉得快适;反之,眼前所见的都是丑恶的形色,我们的心也就与之共感而觉得不快。不过共感的程度有深浅高下不同而已。对于形色的世界全无共感的人，世间恐怕没有；有之，必是天资极陋的人，或理智的奴隶，那些真是所谓"无情"的人了。

在这里我们不得不赞美儿童了。因为儿童大都是最富于同情的。且其同情不但及于人类，又自然地及于猫犬、花草、鸟蝶、鱼虫、玩具等一切事物，他们认真地对猫犬说话，认真地和花接吻，认真地和人像（doll）玩耍，其心比艺术家的心真切而自然得多！他们往往能注意大人们所不能注意的事，发现大人们所不能发现的点。

所以儿童的本质是艺术的。换言之，即人类本来是艺术的，本来是富于同情的。只因长大起来受了世智的压迫，把这点心灵阻碍或销磨了。惟有聪明的人，能不屈不挠，外部即使饱受压迫，而内部仍旧保藏着这点可贵的心。这种人就是艺术家。

西洋艺术论者论艺术的心理，有"感情移入"之说。所谓感情移入，就是说我们对于美的自然或艺术品，能把自己的感情移入于其中，没入于其中，与之共鸣共感，这时候就经验到美的滋味。

我们又可知这种自我没入的行为，在儿童的生活中为最多。他们往往把兴趣深深地没入在游戏中，而忘却自身的饥寒与疲劳。

小孩子真是人生的黄金时代！我们的黄金时代虽然已经过去，但我们可以因了艺术的修养而重新面见这幸福、仁爱而和平的世界。

1929年9月28日

为松江女中高中一年生讲述

用功

无学校的教育

> 我不相信世人所呼为"学校"的滑稽的建筑物是教育的机关。
>
> ——卢骚《爱米尔》第一编

我对于学校的怀疑心,起于在某师范学校读书的时候;后来自己做教师,所感更深;近来送女儿入小学,所感又深一点;最近参观一个小学校,所感尤深,就写这篇文字。

我在师范学校读书的时候,有一天先生教我们唱一首三部合唱的歌曲,那歌曲重音各部配得很有趣,歌词也作得很好,我们都很欢喜上这课,已忘记时刻。三部合唱练习将近纯熟,上口正甜蜜的时候,忽然下课铃在窗外响起了。先生站了起来,说"休息罢,下礼拜再唱"。然而我们现在兴味正好,全不觉得吃力,并不要休息;况且这是合唱,要练得多数人都一致地纯熟,很费时间,到下礼拜上这课的时候,因为平时没有齐集来温习的时间,一定不能立刻上口,必须再费若干的时间来整顿方能成腔。所以大家快快地散出。我回到自修室里一看课程表,下一课是博物。就挟了教科书到阴暗而气味难闻的博物教室里去了。今天的博物课是讲细胞,且是示细胞标本。先生慢慢地点名,慢慢地讲开场白,慢慢地在近窗处的茶几上安排显微镜,慢慢地配准距离,我们一班共有四十五个人,这时候肃静地排列在教室里,很像一所罗汉堂。约历十分钟,先生已配准显微镜的距离,发命令叫我们一个一个地顺次去望细胞的形状。我因为上学期考第二,排在第二座,不久就轮到了。我去望细胞,约历半分钟,仍旧回去坐的时候,望见后面一大批人有的引领,有的支颐,像饥蚕在那里等候着自己轮到。我已经达到目的了;然而这回的坐要一直枯坐到下课铃的响出,而且无复希望,仿佛已是"残年"了。在枯坐的时候,我想:"为了每人半分钟的望显微镜,何必把很有兴味的三部合唱停止呢?况且一人望显微镜,何必四十四人坐着陪呢?难道读书一定要这样的?"这是我对于学校制的怀疑的开始。然而我不敢讲出来或有所表示,只是自己想想,至多逃一回课。

后来我做教师了。有一次,我在某校教图画。第一次上课时,教务主任引导我到一个黑暗的教室里,因为里面罗汉堂似的排列着满室的一律黑制服的学生,所以更加暗。教务主任讲了一番为我作广告兼对学生作训话的介绍辞,就拉上门去了。教室既无设备,学生也都空手,况且介绍辞已费去约二十分钟,这一小时(五十分钟)已经只有一半,我只得也用几句话敷衍过了。下礼拜这一天是什么纪念节，放假；再下礼拜恰好这时间开什么会，停课；第四礼拜上课，我带了两个瓶，一块布去，不管光线如何，把它们供在黑板前面，叫他们写生。然而学生太多，足有五十人，前面一行离黑板只有三尺地位，两端的人，要把头旋转九十度方可看见模型；又前几列有许多长学生，把后几列里的矮学生遮住，许多矮学生立起来对我责问办法，他们好像是自己不会动的木头人，一个一个都要我去搬排——他们一举一动都要叫我，甚至小便都要对我讲。——等到我为他们排好位置之后，已经半小时过去了。他们图画有的用毛边纸，有的用拍纸簿，有的用自来水笔，有的用削得很尖的抄札记用的HH的铅笔。然而这更是说不到的事，我也毋庸批判他们的用具的不良了。第一人缴卷了。那人问我"这可得几分？"我突然不快，答说"没有分数！"讲桌下面忽起一片惊愕声："没有分数？"继续起一种一致的动作，似乎是因为晓得没有分数而失望地投笔。我兴奋了，把图画课的意义目的与分数的作用为他们申说一番。然而这话在他们听来是官话，且在那环境中，我自己觉得似乎也是无用的废话，徒装场面而已。他们受了压迫似的勉强再画不久，下课的铃响出，大家争先恐后地来缴卷，满期的徒刑犯似的扬长而出教室了。我收拾他们的画，退出教室，走到教务处里，就有教务先生郑重地对我谈话，说是未到时刻，不要放学生出教室，因为他们要在窗外骚扰，妨碍别班的上课。我唯唯。我记得了，刚才第一个缴卷的学生问我"画好了可否出去？"的时候，我说，"可以"，讲桌下似曾有惊诧的表示，原来这办法在他们是素来没有的。上课时间，不得出教室，无事也应该端坐教室中，这才是守校规。唉，我不懂校规，宜乎受教务先生的谴责！

下礼拜我因事请假；再下礼拜又逢什么纪念，放假；再下礼拜又逢什么开会，停课……忽然发生什么事故，提早放假。教务主任送我两张表格，一是本学期学业成绩表，一是本学期操行成绩表。我接了茫然。我是走教的，下电车就上教室，下教室就上电车的。我这一学期只上二三次课，人数这样多而见面这样少的学生，我连姓名都没有一个记得。他们的所缴的画，我实在只翻看一遍就发还，并没有记出分数，这些表格怎么填得起来呢？我去同一个什么主任商量，把这实际情形告诉他。他说："这不过是教务课的一种办事手续，只要大概，只要你填好了。"我方才明白，这是教务课为了要完手续而叫我填的表格，与学生、教育是全无关系的。这是学校的"政府"。从前我做学生的时候憔悴于虐政；现在我是自己做了教师而在执行这虐政了！

近来我的女儿长到七岁了。家里的人都说应该入学，就送她到邻近的前期小学校去。那小学校学生不多，大半是相熟的几个邻人的子弟，聘定几位女先生专任教授，这样自由的组织，想来一定是很可合理地办理的。我因为自己烦忙，没有去参观。但每天下午听见《葡萄仙子》的合唱声，许多童声和一个女声，非常聒耳，连附近的娘姨们都常常同声赞美；并且这教育竟普及于她们，不久附近的娘姨都会唱了。有一天，我偶然经过那学校,从门中瞥见里面正在上课,壁角里一个六七岁的孩子背立着。晚上我问起我的女儿,她说:"先生叫他立壁角。"我说:"为什么立壁角?"她说:"因为他吃中饭后到得太迟。"我又问:"你立过否?"她说:"我不立,我与某人、某人,先生都不叫我们立",她又说:"迟到要立壁角……打手心,罚一个铜板买笤帚"。她就跑走了。我想到了:所以我的女儿每天朝晨醒来很惊惶,且起得迟了要哭,要母亲送去,或要赖学。她的不立壁角,大概一半是因女先生对我有交情的原故,一半是有她母亲送去的原故。而且这孩子每天朝晨的不快相,与礼拜六的欢喜相,明明表示着她对于学校的不好感。我一向错怪了她,原来是里面有这种虐政的原故。我的女儿,我想不识字也不妨,何必因为贪识几个字,而教她的小心去受这种虐政的压迫与伤害呢?不久,有一晚我的女儿忽然问我:"爸爸,考试是什么?"我说:"谁教你这话?"她说:"先生说要我们考试,考试了放假。"我略为她解释这名词,次日就叫她辍学。

娇滴滴地唱《葡萄仙子》的青年的女先生,会虐待孩子,会课罚金,会做考试官,真出我意外!这又是学校的"政治"。但我决计料不到,这六七岁的小孩子的小学校,规模极小、关系极自由的小学校,也会蒙受"政治"的影响。其他的公立、官立的大规模的小学校,我推想起来,一定更不堪了。世间自然有很真实的小学教育家,很合理的模范的小学校,然据我所见,普通的小学教师中,像这类的青年的女先生很多,且算是漂亮人物的,因为她们有女子师范毕业的资格,有受"检定"

的衔头。她们的思想相差一定不远,任她们虐弄的小学校一定不少。做小学的教师,做孩子们的先生,负何等重大的责任,是何等神圣而伟大的事业!叫这种姑娘们、小姐们或少奶奶们如何的担当得起呢?她们的要毕业,要检定,要当教师,大半是为要名声,要时髦;而要名声与要时髦,又大半是为要恋爱,要结婚。她们认真懂得什么"教育"——"儿童教育",认真有什么做小学教师的"愿心"呢?把子女送给这种人玩弄,还不如叫他们在家里帮母亲洗碗,缝衣,习家事,到可以着实学得做人的道理。

　　有一天晚上,我出外看月亮,偶然立在一个夜小学校的教室的窗外。靠窗坐的恰好是一个我们的邻童,他常常捉老蝉或拾小石子来送给我家的孩子,所以我很熟识他。他仰头看见了我,立刻对我笑,把他手里的一只大扑火虫在板桌下底给我看,又立刻向黑板前的女先生一看,继续是对她扭一扭嘴,又对我一笑。女先生正在问前列的孩子,"三民主义是谁作的?"一个约八九岁的女孩子伸着手,唱歌式地叫"孙总理!"继续后面起一片混杂的声音,"孙中山先生!"女先生笑哈哈地说"对!对!"又问:"介末孙总理,孙中山先生,现在阿活着呢?"又一片混杂的声音"死了,死了!"女先生又问"介末代替孙中山先生行这个三民主义的,是啥人呢?"说话未完,在我近旁窗内的那孩子突然跳将起来,把一只手高举,似乎接网球的姿势,尽力发一种怪音"蒋总司令!"跟着又是一片混杂的声音。"蒋介石,蒋总司令!"那孩子拼得了第一个回答,似乎踢进了一个goal，得意地向先生看，又回转头来对我装个鬼脸。秋夜的冷风吹我打个寒噤，我就回家。

次日，我在路上遇到那孩子，他又捉着许多知了和老蝉，问我要不要。我回答他说："我不要。你不可弄杀它们，玩好了要放生。"又对他说："你昨天晚上回答得很好！你这么大就懂得三民主义、蒋总司令了！"他笑着说"先生教我们的"。随即跳了去，口中唱"三民主义是我们国民党的……"回头对我一笑，又一面唱，一面跳远去了。我站着目送他，隐约听出他唱的是"孙中山先生……"，"蒋总司令……"，大约是平日读的教课中的文句。

我曾经遇见许多小姑娘，都能用熟读的文句来机械地解说三民主义，又能背诵总理遗嘱。我觉得，孙中山是伟人，三民主义是宏著，孩子是可爱的人，然而并在一块，至少有点滑稽。小孩子对于政治上的事，当然是不能够了解的。记得我在高等小学的时候，曾经读慈禧太后的圣谕，对于"朕钦奉……庄仁寿恭钦显皇太后懿旨……"的文句，完全不懂，完全硬记而成诵。然而我那时候年纪，还比现在这班初级小学生大得多。假如现在这班小孩子都比我聪明，已够得上了解政治，那这班一定是童年的"老人"，真的是所谓"老头子的儿子"了。这样的教育，实在使我非常怀疑。

我对于学校的怀疑心，到现在已牢不可破。我决不再送我的儿女入一般的学校。并且想象甚样才是合理的儿童教育。有时"废除学校"、"无学校的儿童教育"一类的观念，不期地

—47

浮现到意识的表面来。最近买得了西村伊作的新著《我子的学校》，读过之后，觉我所怀的模糊的观念，都被他深切、正确地道破了。

西村伊作是现在日本最新的私立学校文化学校的院长，是对于教育有深大的思虑，而正在独创地试行新教育的人。他对于儿童教育，尤有创见。他有八个子女，都不入学校，在家里教养长大，都很健全。长女Ayako，十一岁已著很好的童话，即现在日本文化生活研究会出版的Pinochiyo。今年四月，他发表《我子的学校》一书，书中记录着他对于儿童教育的主见和计划。书作随谈的体裁，他自己在书端说着："我作这本书，不用著书的态度，而用与朋友们谈话似的态度。这是随心而发的话，是杂谈。"所以全书都是短短的一段一段的谈话。虽然分立着许多标题，但也并无截然的起讫。我购读之后，特别对于他的反对学校而主张无学校的教育的几段话发生共鸣。就把它们节录在下面，以实这篇文章。

说起教育，就想到学校。人们似乎都以为学校对于教育是这样地万能的。

希望我儿入良好的学校，毕业的学校愈高等愈好；使投考学额少而入学试验困难的学校；使得优等成绩，争主席，优等毕业：这是多数的父母对于子女的理想，又希望。

仅乎如此就了事么？为了我的爱儿的教育，为了我儿的一生的幸福，又为了营人类的善良的生活，对于我儿的学校仅用世间一般的思想了事，不但有误我儿，或将破坏父母自身的后半生的幸福,也未可知呢!

人类的爱子之心,跟了进化与向上而深起来。不但止于本能的爱,又因了人生观的、哲学的、宗教的、社会的及种种复杂的组合的思想,而爱子的方法进化起来。

学问与技术进步发达的时候,爱子的心一定也同样地进化、向上。爱的达于最高点,当不就是教育么?说起教育就想到学校?

学校,至多不过是教育的一部分。教育不仅是学校。我以为人还是在家庭、在社会所受的教育多。

家庭、朋友、社会等,不意识教育而实在教育;但一般似乎以为只有学校是教育的。有的父母,想教育自己的子女,但自己为职务所羁,没有亲自教育的时间,而专任其教育于学校。——这是现今的现象。

托其子女于学校的父母们,原非盲目地信任学校,以为任何学校都好的。在现今,颇有对于教育关心的人。选择学校,对学校有种种的希望,有种种的理想,关心于学校的教育方针与教育方法,种种的预先恳托,又时时留意于子女的在学状况。

怎样选择学校?甚样的学校是善良的学校?对于学校应有何种恳托?我儿的学校生活甚样才是好的?我为了要供关心于这等问题的爱子的父母们的参考,又要得几个共鸣的读者,写这篇文字。

差不多受教育的全部的委托的学校,这等学校的教师们,倘以为学校只是教育的一部分,而只教学校所有的学科,在今日的社会状况中是不行的。所以教师有具父母的心，当作自己的子女去教育学生的必要。教师不可当作教诲学生；不可把教师当作一种职业，而只在教坛上讲读教科书；须得想象这些学生倘都是自己的子女，应该怎样对他们说话，怎样管理他们；须用父母的心来教育学生。

我以为即使没有学校这样东西，人类生活上不会起大的困难。食物、衣服等，倘然没有了，人的生活当然不行；但是在现今的人的生活上，似是必要，而其实没有也不妨的事，很多。

米是人生不可缺的食物，似乎没有米一日也不得过去；然而请看，没有米的国土，很发旺地在那里进步。竹可制种种器具，是非常便利的宝贵的材料，于人生是必要的；然而没有竹的西洋诸国，其文明的发达非常卓著。

我以为人所作出的器具、器械之类，大部分是即使没有，人也可以生活。火车、轮船，大家以为是停驶了一天就不得了的。然而今日如果没有了这些，不过一时缺了用惯的东西而感到不便，不久之后，人就可没有火车轮船而生活了。

世间有视文明为无用，对文明抱反感的人。他们以为一切文明的机械岂但于人类绝无必要，反而有害于人类的幸福与安宁。对于"国家"一物，也是如此：国家的种种机关、法律、政治等，像今日地复杂地发达，阶级、资本、地位、利权等，这样复杂地混入人类生活中，人类的幸福的生活就愈加受害了。这种思想，我也常常觉得不错，不能轻蔑地嘲笑这种思想为狂妄呢。

金钱处处增贵，是一日不可缺的东西。谁也承认没有金钱一日也不能生活，是今日的状态；然而世间即使没有了金钱，人类决计不会灭亡。在像现今的，为金钱受苦，为金钱丧命的人很多的时候，反而有时使我想象没有金钱的世界而神往。金钱的贷借，为工商业是必要的事。许多人以为倘然没有贷借，没有银行，产业不会发达；然而我以为金钱的贷借，正是使人生陷于悲惨的原因。也有议论贫富的悬隔与资本的暴虐的人；殊不知其根本实在于金钱及其贷借。

议论今日的社会问题的时候，倘也想一想这社会的缺陷的根本，我想其所论一定完全不同了。

关于学校，也是如此：倘只想今日的学校的状况，或只考自昔至今的学校的历史及其发达状态，那么，其对于学校的思想就固定于现在的学校，不会生起自由的新的思想，对于学校与人的关系，不能用更根本的思想来考察了。

我们必先考察：教育与学校对于人生有如何的关系，用极根本的、不为现状所拘囚的心，来自由地考察，与我们的本能相商谈，促动我们的直感，以造出自己的思想来。

我以为过分把教育委托于学校，是不好的。现在几乎一切的人都以为非学校不能教育，不入学校就不能养成良好的人格。因此盲目地信赖学校，以为总要入上级的学校，总要入名望好的学校。做学校的奴隶了！

他们都以为，不在上级的学校毕业，不能出世；女儿不在女学校毕业或出身于女子大学，不能嫁好的丈夫；只要有长期的进学校，就是好。反之，学校在教什么东西？子女怎样在学校用功？却全然不知，全然不想。只要是在进学校，就是我在大尽心于儿女的教育。——实际有这对人说的父母们。

非为爱子女、顾虑子女的一生而使入学校受良好的教育，是为自己的虚荣或体面而使子女入学校的人，好像也有。自己并不要入学，单为了父母的虚荣而入学的子女，好像也有。

"至少小学校非入不可，因为这是义务教育，不可不使受得。"这样的说法，原是不错的。然而我相信，因故而不得入小学校的，也可养成为完善的人。

身体羸弱的孩子，不使入学校，而在家庭里、病床上，每日用少数的时间，教他一点文字、唱歌、绘画，讲一点有兴味的话给他听，也许能使得到与入学的孩子一样的，或比入学的孩子更高的、人的教养。

在学校里，有种种的科目，众多的孩子对于一个先生所说的话，有时听，有时不听而与邻座的孩子耳语或恶戏。与其如此，不如每日由父母或教师教一种学科，着实地学习，即使用功时间少，或许可得有大效果的教育。

学科非常杂多，似乎盼望儿童每种都完全习得才好。然而我以为这样一来，一定不能完全习得一切。现今的学校，学科的种类已经太多样了。

小学校，只要一册读本，什么都包含在里面，就足以习得一切了。倘要模仿现在的学校，父母自己教时，即使小学程度，也苦劳得很；但不要模仿学校，真正地教育，普通的母亲教两个子女,使在家庭毕业,我想是容易的事。

伏在桌子上教的,每天只要一小时或半小时已够;此外便可使与父母一同做事,或在庭园中一同浇花、种菜,或一同散步,或供小差使,在厨房间里洗碗、扫地,及其他家庭事务的帮忙。这样,我想决计没有害而有益,可助身心的发达。

父母,尤其是母亲,不要每天孜孜于家庭的琐事细故,而分一点力来教育子女,父母自己的心也很可以高尚起来。因为教育的神圣事业而教育的人,必先有高尚的精神。为了教育的一种大而善的事务,即使饭菜稍不讲究一点,扫除稍不周到一点,家庭也欢乐而发美的光辉了。

一般以为非有学问的伟人,决计做不到这事。我想决计不然。即使只修了小学的人,但做了父母以后,已经在不知不识之间备有常识,故只要定心去做,一定是做得到的。

住在田舍或山村的不便利的土地的人,与其到远方去入并不十分信托的学校,决不如在家庭施特殊教育,可得有效的结果。

这不仅是空想,我亲见过实际在这样做的人。

学校里的教育的特殊的点,是聚集众多的学生,作一个儿童的社会。这究竟是好事还是恶事,是一个问题。看起来似乎有趣,互相作种种的游戏,互相谈话,相骂,作党派,横暴,唾骂,嫉妒。学校是小社会,或者可说宜于习得社会的生活;然而我以为还是得到恶的感化的方面多。

在学校里,在教室内,先生喋喋地为讲规则,斜坐了就加叱骂，表面看来像煞是教育。然而在先生眼背后做的恶事，放课后的儿童社会的真相，我是实在不忍看的！

我以为学校里所教的东西中，无用的很多。孩子们很懂得这点，对于这种教课往往取轻蔑的态度，或出于故意模仿的、揶揄的心。例如滑稽地改弄读本中或唱歌中的文句，是常见的事。

教育部里的大教育先生们郑重其事地作出的，至善至当的教育的文句，碰到孩子的新鲜的心的时候，有时竟立刻溃烂了。

今日的学校，照现状做去，无论如何是不行的。现今的小学教育，我觉得也非想法不可。学校的教育渐渐进步、渐渐改良起来，教育者中认真关心于教育的人们似在创作新的理想了。

但在学校有种种的规则与习惯，要立刻实行，是困难的。故实际的进步实在是迟迟的。

学校的当局者、校长、视学等能拿勇气来试行新的计划，才是好状。但当局者常是保守的；怀有进步的思想的人，大都是没有左右学校的力的人。

在学校里有"政治"，这是不好的事。无论在小学校里，在大学校里，总有恶意的政治的思想蔓延着；与其说是教育的，宁说是政治的，这事很不好。尤其是像私立的学校，没有带官臭的必要的地方，却反而要带官臭起学校风潮争势力等事明白地或暗暗地充满在学校里。

真正的纯洁的教育的先生与认真勉学的学生，常受压迫于政治的势力所谓政治家的人物。我以为决不是教育的"政治"

即争势力及支配欲等与教育是正反对的。

小学校时代的儿童没有懂得这政治的丑恶的生活，但中等以上的学生就常受其恶感化了。在小学的学生，也有在级长选举等时候，分给铅笔纸张于各人作当选运动。

从学生时代起就教以这世间无处不有"政治"，使成人之后觉察"政治"的成效，这是一种什么思想？倘然这样是好的，那么从儿童时候就宜教以贿赂及欺诈之术也可成为一说了。

我觉得学校多有献媚于国家及社会现状的。这大概是因为政治的人在左右学校的原故罢。

教育，我以为是超越世间的现在的状态，而深在理想的世界里的。正的事，善的生活，美的思想，一定反对现代的现状。

倘然认为现今的世界就此已足，那就永远是反复现状的生活了。恶的事也有，错的事也有，野蛮的风习的遗留也有。逞欲，争斗，以及从现今的"政治的"而来的无限的恶业，这世中都有，所以没有办法。恐怕有人以为须使深知这种人的反理想的生活，而使利用之以制胜生存竞争，露头角于社会，以得成效。

使晓得世间有恶事，也是教育的事务的一种；但如果以为这恶点及这错误过于一般的，而认为世之常态，就不行了。使深知现代，使明白历史，实在可说是使研究恶。使对于恶的感觉麻痹，使中恶的毒，是可怕的事。

学校的教育的方法，是集大众而演说。所以只能教大体的、一般的事。教育，必须对各个人而告以适合其性情的话。从科学的研究起来，也非用适应其人的性质的方法不可。但是这在

–55

学校难于做到。要在学校里行所谓个别的教育，事实上是不可能的。

对于自我过强而想压迫他人的人，与意志薄弱而阴涩的人，必须用不同的方法来教，必须用不同的说明来教。在学校里，这是不能的。

在学校里，不顾有理解力与记忆力的先进者的盼望前进，而必使等待迟进的人。迟进者一点不曾懂得，必勉强使受同样的课。先进者徒然空费时间来等待，迟进的孩子无所习得，也必在教室里坐过毫无兴味的时间，两方都是时间的浪费。

家庭里的教育，独学，徒弟的学习法，我觉得没有上述的种种缺陷，而着实地在受教育。

父母可以全无对于社会、国家的顾虑，把自己所真正感到的事讲给自己的子女听。个人教个人的时候，可以坦白说话，不因社会国家而枉曲真理。

不像学校地把杂多的科目全套教授，进步的就不停滞地进步，益益增加兴味，不受困于不适当的学科。学科虽似偏一点，但教育却完全了。

有人说：不接触"学校"的社会的政治的空气，不懂得因学生间的种种世间的交涉而生的不快的感情，没有关于种种的恶的知识，而在不接触一般社会的生活内养育起来，成人以后，出社会的时候，要受人欺瞒，遭逢不利。——这话也有些道理。然我以为倘是没有强欲与野心而不知恶为何物的人，一定不会生危惧的心，因为他能对于世间的恶无关系而生活，故反而安全。

教育不是奏社会的成功的。教育有更高贵的目的。使人能作以人的主观的幸福为主的生活，能享受无限的天的惠赐，能赏识自然现象的美，能做生命力的活动的真正的事业，才是真的教育。

就是贫穷到沿门托钵，也可有高贵的生活。受着迫害，仍是发表真理；陷于困苦，仍是为善。——能使人得到这样的心，便是教育的最大成功。

有许多人这样说："这种教育的理想，过于离去现实，过于高踏的，我们的教育子弟，只要给以现世的幸福的和平生活已足，不要给以远离社会而生于困难中的教育。"然而最高尚的教育，不必是招致困难的。人因了运命，因了教育，有的受困苦，有的得现世的幸福而度物质的丰富的生活。

即使授以世俗的低级的合于现世的教育，教以推翻他人而专图自己的胜利，在运命不好的人仍是要受苦，要贫穷的。这种人的不幸的生活，兼及于物质的与精神的，是全人的贫苦。

受流俗的教育的人，世俗地教养起来的人，即使有社会的成功的时候，对于其成功必不满足，仍是逞欲，求更多的金钱，更高的地位，其心仍是苦的。造出没有心的愉乐的生活来，完全反背教育的本旨了。

我的爱子！希望你有好的衣食地位，和美的心的愉乐而度你的一生！如果二者不能兼得的时候，希望你选择心的愉乐！

教育者只要是人就行。就是别无何等才学或特殊的人格，也可以教育。深究学问的人，也许反是失却人间味的。有名的人，社会所珍宠的人，也有不懂教育的。

只要不胆怯，不过于自谦，有深大的爱的精神，信仰天地的心，为我的爱儿的幸福祈愿的心，就是比学者，教育家更大的教育家了。

有这样的人：这人曾遣其女儿入小学校。小学校毕业之后，不照例升入女学校，在家里教她英语和披雅娜（piano）。这人是某有名的女学校的重要职员，如果送女儿入那女校，一定很可照顾，但是他不遣入。

家事，在自己家里助理种种事务，很可修练。一般的常识可看报，由父母兄姊等讲述关于报上的种种话及问题的批评，就可实际地晓得社会的情况。只要注意教语学，因为语学是习言语的，习言语的时候可使诵读记述种种事件的书，例如名家的文学及诗，关于家庭的，关于科学的，关于历史地理的，都可由语学而习得。

父母亲自去旅行，或访问亲友的时候带了子女同走，可为讲关于路上种种见闻的话；看见种种的人，听到种种的话，可得人与人的直接的感化；看了他人的家庭的情状，可知种种的家风，并习得礼仪。

进女学校去旷废许多的时间，徒然地每天背了许多很重的书物，及裁缝手艺等器具，远道来往。两者比较起来，这人的教育法实在有效得多。

我的知人中，有许多对于教育深思的人。他们的子女都不入学校，只在自己家庭中教育。在别人看来，以为并不在教育，只在游戏，也许有人以为大概其子女是低能的。然而他们的子女决不低能，有很好的思想力，有很富的常识。

具有思想的、艺术的天分的人，倘使入普通的学校，一定全无利益，或将失去其特殊的天分。

也许有人以为常在家里，身体恐要虚弱起来。然父母亲可使子女习劳动。习木工最好。木工是身体与头平均的运动。注意力、观察力、工夫、创作、劳动、忍耐、正直、义务等力，都可以养成。又可由此悟得因果律，修养关于物质、形体的智慧。

时时雇木匠来，受他的指导。不似学校的木工的无目的，而雇请木匠来实际改造自己的家，或作棚，造家具，与木匠一同做工。

家庭之中，需要工匠的工作地方很多。例如家具，与其买市中的现成物，不如自己做，形式可以美观，坚牢，价也不贵。教育与实用，可以两方兼得。

由这样的教育出身的子女，一定是比由学校教育出身的更稳健而有深的思虑的人。

纯粹的真的教育，没有学校也可以行。与其在学校里，不如由家庭教育或自修，可以造成真正的美的人格。学校可说是表面的教育，只是外部的装饰。

在今日，真正的自己的思想、趣味、道德及人生观，都不是从学校得来，而是从新闻、杂志以及种种的书籍、出版物上得来的。

学校只是卖各种智识的商店。中学、大学的学生，似乎都不是为了要得自己的人格的教养而入学的。不过要出社会先入学校，较为便利，即专为得毕业证书，得"资格"而入学的。

以前的学校，和关于学校的思想，非破坏不可。实际破坏学校虽然不可能，但倘不破坏学校思想，定是教育上的大害。

倘不破坏旧的，新的不会生出来；新的生了出来，旧的自然破坏了。然也有人说，在同时同所不能有两种事物的存在。在废物取去后的空地上建设新物，顺序似较适当。

革命，是政府所极度憎恶的。然而日日的进步发达，常在把旧的破坏下去。常在打破今日以前的固定的思想，迎入明日的新的生活。在从前的人看来，今日的进步状态，可看作是革命的连续。

各个人自己的心，无论怎样大革命都不妨的。我们的日常生活，无论怎样变化，无论何等特殊，只要不触犯法律，不直接伤坏国的组织，不危害官吏的椅子，是不会斫头或坐牢狱的。

今后我们各个人的思想与生活的变化与进转，必将造出大的结果来。凡百事端都是徐徐地发作的！

《教育杂志》第19卷第7号（1927年7月20日）

二、学会艺术的生活

独树老夫家

我的苦学经验

我于一九一九年，二十二岁的时候，毕业于杭州的浙江省立第一师范学校。这学校是初级师范。我在故乡的高等小学毕业，考入这学校，在那里肄业五年而毕业。故这学校的程度，相当于现在的中学校，不过是以养成小学教师为目的的。

但我于暑假时在这初级师范毕业后，既不作小学教师，也不升学，却就在同年的秋季，来上海创办专门学校，而作专门科的教师了。这种事情，现在我自己回想想也觉得可笑。但当时自有种种的因缘，使我走到这条路上。因缘者何？因为我是偶然入师范学校的，并不是抱了作小学教师的目的而入师范学校的。（关于我的偶然入师范，现在属于题外，不便详述。异日拟另写一文，以供青年们投考的参考。）故我在校中只是埋头攻学，并不注意于教育。在四年级的时候，我的兴味忽然集中在图画上了。甚至抛弃其他一切课业而专习图画，或托事请假而到西湖上去作风景写生。所以我在校的前几年，学期考试的成绩屡列第一名，而毕业时已降至第二十名。因此毕业之后，当然无意于作小学教师，而希望发挥自己所热衷的图画。但我的家境不许我升学而专修绘画。正在踌躇之际，恰好有同校的高等师范图画手工专修科毕业的吴梦非君，和新从日本研究音乐而归国的旧同学刘质平君，计议在上海创办一个养成图画音乐手工教员的学校，名曰专科师范学校。他们正在招求同人。刘君知道我热衷于图画而又无法升学，就来拉我去帮办。我也不自量力，贸然地答允了他。于是我就做了专科师范的创办人之一，而在这学校之中教授西洋画等课了。这当然是很勉强的事。我所有关于绘画的学识，不过在初级师范时偷闲画了几幅木炭石膏模型写生，又在晚上请校内的先生教些日本文，自己向师范学校的藏书楼中借得一部日本明治年间出版的《正则洋画讲义》，从其中窥得一些陈腐的绘画知识而已。我犹记得，这时候我因为自己只有一点对于石膏模型写生的兴味，故竭力主张"忠实写生"的画法，以为绘画以忠实模写自然为第一要义。又向学生演说，谓中国画的不忠于写实，为其最大的缺点；自然中含有无穷的美，唯能忠实于自然模写者，方能发现其美。就拿自己在师范学校时放弃了晚间的自修课而私下在图画教室中费了十七小时而描成的 Venus[①]头像的木炭画揭示学生，以鼓励他们的忠实写生。当一九二〇年的时代，而我在上海的绘画专门学校中励行这样的画风，现在回想起来，真是闭门造车。然而当时的环境，颇能容纳我这种教法。因为当时中国宣传西

---

① Venus：即维纳斯，古罗马神话中爱和美的女神。

洋画的机关绝少，上海只有一所美术专门学校，专科师范是第二个兴起者。当时社会上人士，大半尚未知道西洋画为何物，或以为美女月份牌就是西洋画的代表，或以为香烟牌子就是西洋画的代表。所以在世界上看来我虽然是闭门造车，但在中国之内，我这种教法大可卖野人头呢。但野人头终于不能常卖，后来我渐渐觉得自己的教法陈腐而有破绽了，因为上海宣传西洋画的机关日渐多起来，从东西洋留学归国的西洋画家也时有所闻了。我又在上海的日本书店内购得了几册美术杂志，从中窥知了一些最近西洋画界的消息，以及日本美术界的盛况，觉得从前在《正则洋画讲义》中所得的西洋画知识，实在太陈腐而狭小了。虽然别的绘画学校并不见有比我更新的教法，归国的美术家也并没有什么发表，但我对于自己的信用已渐渐丧失，不敢再在教室中扬眉瞬目而卖野人头了。我懊悔自己冒昧地当了这教师。我在布置静物写生标本的时候，曾为了一只青皮的橘子而起自伤之念，以为我自己犹似一只半生半熟的橘子，现在带着青皮卖掉，给人家当作习画标本了。我想窥见西洋画的全豹，我也想到东西洋去留学，做了美术家而归国。但是我的境遇不许我留学。况且我这时候已经有了妻子。做教师所得的钱，赡养家庭尚且不够，哪里来留学的钱呢？经过了许久烦恼的日月，终于决定非赴日本不可。我在专科师范中当了一年半的教师，在一九二一年的早春，向我的姊丈周印池君借了四百块钱（这笔钱我才于二三年前还他。我很感谢他第一个惠我的同情），就抛弃了家庭，独自冒险地到东京去了。得去且去，以后的问题以后再说。至少，我用完了这四百块钱而回国，总得看一看东京美术界的状况了。

但到了东京之后，就有许多关切的亲戚朋友，设法接济我的经济。我的岳父给我约了一个一千元的会，按期寄洋钱给我，专科师范的同人吴刘二君，亦各以金钱相遗赠，结果我一共得了约二千块钱，在东京维持了足足十个月的用度，到了同年的冬季，金尽而返国。这一去称为留学嫌太短，称为旅行嫌太长，成了三不像的东西。同时我的生活也是三不像的。我在这十个月内，前五个月是上午到洋画研究会中去习画，下午读日本文。后五个月废止了日本文，而每日下午到音乐研究会中去学提琴，晚上又去学英文。然而各科都常常请假，拿请假的时间来参观展览会，听音乐会，访图书馆，看 opera①，以及游玩名胜，钻旧书店，跑夜摊（Yomise）。因为这时候我已觉悟了各种学问的深广，我只有区区十个月的求学时间，决不济事。不如走马看花，吸呼一些东京艺术界的空气而回国吧。幸而我对于日本文，在国内时已约略懂得一点，会话也早已学得了几声。到东京后，旅舍中唤茶、商店中买物等事，勉强能够对付。我初到东京的时候，随了众同国人入东亚预备学校学习日语，嫌其程度太低，教法太慢，读了几个礼拜就辍学。自己异想天开，为了学习日本语的目的，向一个英语学校的初级班报名，每日去听讲两小时。他们是从 A boy, A dog② 教起的，所用的英文教本与开明第一英文读本程度相同。对于英文我已完全懂得，我的目的是要听这位日本先生怎样地用日本语来解说我所

---

① opera：英语，意即歌剧。
② A boy, A dog：英语，即"一个男孩，一只狗"，指最浅的英文基础课。

已懂得的英文，便在这时候偷取日本语会话的诀窍，这异想天开的办法果然成功了。我在那英语学校里听了一个月讲，果然于日语会话及听讲上获得了很多的进步。同时看书的能力也进步起来。本来我只能看《正则洋画讲义》一类的刻板的叙述体文字，现在连《不如归》和《金色夜叉》（日本旧时很著名的两部小说）都会读了。我的对于文学的兴味，是从这时候开始的。以后我就为了学习英语的目的而另入一英语学校。我报名入最高的一班，他们教我读伊尔文的 Sketch Book[①]。这时候我方才知道英文中有这许多难记的生字（我在师范学校毕业时只读到《天方夜谭》）。兴味一浓，我便嫌先生教得太慢。后来在旧书店里找到了一册 Sketch Book 讲义录，内有详细的注解和日译文，我确信这可以自修，便辍了学，每晚伏在东京的旅舍中自修 Sketch Book。我自己限定于几个礼拜之内把此书中所有一切生字抄写在一张图画纸上，把每字剪成一块块的纸牌，放在一只匣子中。每天晚上，像摸数算命一般地向匣子中探摸纸牌，温习生字。不久生字都记诵，Sketch Book 全部都会读，而读起别的英语小说来也很自由了。路上遇见英语学校的同学，询知道他们只教了全书的几分之一，我心中觉得非常得意。从此我对于学问相信用机械的方法而下苦功。知识这样东西，要其能够于应用，分量原是有限的。我们要获得一种知识，可以先定一个范围，立一个预算，每日学习若干，则若干日可以学毕，然后每日切实地实行，非大故不准间断，如同吃饭一样。

[①] Sketch Book：指美国作家华盛顿·欧文（Washington Irving, 1783—1859）的《见闻杂记》。（伊尔文为旧译，现一般译为欧文）

照我当时的求学的勇气预算起来，要得各种学问都不难：东西洋知名的几册文学大作品，我可以克日读完；德文法文等，我都可以依赖各种自修书而在最短时期内学得读书的能力；提琴教则本《Hohmann》①五册，我能每日练习四小时而在一年之内学毕；除了绘画不能硬要进步以外，其余的学问，在我都可以用机械的用功方法来探求其门径。然而这都是梦想，我的正式求学的时间只有十个月，能学得几许的学问呢？我回国之后，回想在东京所得的，只是描了十个月的木炭画，拉完了三本《Hohmann》，此外又带了一些读日本文和读英文的能力而回国。回国之后，我为了生活和还债，非操职业不可。没有别的职业可操，只得仍旧做教师。一直做到了今年的秋季。十年来我不断地在各处的学校中做图画音乐或艺术理论的教师。一场重大的伤寒病令我停止了教师的生活。现在蛰居在嘉兴的穷巷老屋中，伴着了药炉茶灶而写这篇稿子。

故我出了中学以后，正式求学的时期只有可怜的十个月。此后都是非正式的求学，即在教课的余暇读几册书而已。但我的绘画音乐的技术，从此日渐荒废了。因为技术不比别的学问，需要种种的设备，又需要每日不断的练习时间。研究绘画须有画室，研究音乐须有乐器，设备不周就无从用功。停止了几天，笔法就生疏，手指就僵硬。做教师的人，居处无定，时间又无定，教课准备又忙碌，虽有利用课余以研究艺术的梦想，但每每不能实行。日久荒废更甚。我的油画箱和提琴，久已高搁在书橱

---

① 《Hohmann》：即《霍曼》。

的最高层，其上积着寸多厚的灰尘了。手痒的时候，拿毛笔在废纸上涂抹，偶然成了那种漫画。口痒的时候，在口琴上吹奏简单的旋律，令家里的孩子们和着了唱歌，聊以慰藉我对于音乐的嗜好。世间与我境遇相似而酷嗜艺术的青年们，听了我的自述，恐要寒心吧！

　　但我幸而还有一种可以自慰的事，这便是读书。我的正式求学的十个月，给了我一些阅读外国文的能力。读书不像研究绘画音乐地需要设备，也不像研究绘画音乐地需要每日不断的练习。只要有钱买书，空的时候便可阅读。我因此得在十年的非正式求学期中读了几册关于绘画、音乐艺术等的书籍，知道了世间的一些些事。我在教课的时候，常把自己所读过的书译述出来，给学生们做讲义。后来有朋友开书店，我乘机把这些讲义稿子交他刊印为书籍，不期地走到了译著的一条路上。现在我还是以读书和译著为生活。回顾我的正式求学时代，初级师范的五年只给我一个学业的基础，东京的十个月间的绘画音乐的技术练习已付诸东流。独有非正式求学时代的读书，十年来一直随伴着我，慰藉我的寂寥，扶持我的生活。这真是以前所梦想不到的偶然的结果。我的一生都是偶然的，偶然入师范学校，偶然欢喜绘画音乐，偶然读书，偶然译著，此后正不知还要逢到何种偶然的机缘呢。

　　读我这篇自述的青年诸君！你们也许以为我的读书生活是幸运而快乐的；其实不然，我的读书是很苦的。你们都是正式求学，正式求学可以堂堂皇皇地读书，这才是幸运而快乐的。但我是非正式求学，我只能伺候教课的余暇而偷偷隐隐地读书。

做教师的人，上课的时候当然不能读书，开议会的时候不能读书，监督自修的时候也不能读书，学生课外来问难的时候又不能读书，要预备明天的教授的时候又不能读书。担任了它一小时的功课，便是这学校的先生，便有参加议会、监督自修、解答问难、预备教授的义务；不复为自由的身体，不能随它读书的兴味而读书了。我们读书常被教务所打断，常被教务所分心，决不能像正式求学的诸君的专一。所以我的读书，不得不用机械的方法而下苦功，我的用功都是硬做的。

我在学校中，每每看见用功的青年们，闲坐在校园里的青草地上，或桃花树下，伴着了蜂蜂蝶蝶、燕燕莺莺，手执一卷而用功。我羡慕他们，真像潇洒的林下之士！又有用功的青年们，拥着绵被高枕而卧在寝室里的眠床中，手执一卷而用功。我也羡慕他们，真像耽书的大学问家！有时我走近他们去，借问他们所读为何书，原来是英文数学或史地理化，他们是在预备明天的考试。这使我更加要羡慕煞了。他们能用这样轻快闲适的态度而研究这类知识科学的书，岂真有所谓"过目不忘"的神力么？要是我读这种书，我非吃苦不可。我须得埋头在案上，行种种机械的方法而用笨功，以硬求记诵。诸君倘要听我的笨话，我愿把我的笨法子一一说给你们听。

在我，只有诗歌、小说、文艺，可以闲坐在草上花下或奄卧在眠床中阅读。要我读外国语或知识学科的书，我必须用笨功。请就这两种分述之。

第一，我以为要通一国的国语，须学得三种要素，即构成其国语的材料、方法，以及其语言的腔调。材料就是"单语"，方法就是"文法",腔调就是"会话"。我要学得这三种要素,都非行机械的方法而用笨功不可。

"单语"是一国语的根底。任凭你有何等的聪明力,不记单语决不能读外国文的书,学生们对于学科要求伴着趣味,但谙记生字极少有趣味可伴,只得劳你费点心了。我的笨法子即如前所述,要读 Sketch Book,先把 Sketch Book 中所有的生字写成纸牌,放在匣中,每天摸出来记诵一遍。记牢了的纸牌放在一边,记不牢的纸牌放在另一边,以便明天再记。每天温习已经记牢的字,勿使忘记。等到全部记诵了,然后读书,那时候便觉得痛快流畅。其趣味颇足以抵偿摸纸牌时的辛苦。我想熟读英文字典,曾统计字典上的字数,预算每天记诵二十个字,若干时日可以记完。但终于未曾实行。倘能假我数年正式求学的日月,我一定已经实行这计划了。因为我曾仔细考虑过,要自由阅读一切的英语书籍,只有熟读字典是最根本的善法。后来我向日本购买一册《和英①根底一万语》,假如其中一半是我所已知的,则每天记二十个字,不到一年就可记完,但这计划实行之后,终于半途而废。阻碍我的实行的,都是教课。记诵《和英根底一万语》的计划,现在我还保留在心中,等候实行的机会呢。我的学习日本语,也是用机械的硬记法。在师范学校时,就在晚上请校中的先生教日语。后来我买了一厚册的《日语完璧》,把后面所附的分类单语,用前述的方法一一记诵。当时只是硬记,不能应用,且发音也不正确;后来我到了日本,

---

① 和英:在日文中,日本国又称"大和","和英"即"日英"之意。

从日本人的口中听到我以前所硬记的单语，实证之后，我脑际的印象便特别鲜明，不易忘记。这时候的愉快也很可以抵偿我在国内硬记时的辛苦。这种愉快使我甘心消受硬记的辛苦，又使我始终确信硬记单语是学外国语的最根本的善法。

关于学习"文法"，我也用机械的笨法子。我不读文法教科书，我的机械的方法是"对读"。例如拿一册英文圣书和一册中文圣书并列在案头，一句一句地对读。积起经验来，便可实际理解英语的构造和各种词句的腔调。圣书之外，他种英文名著和名译，我亦常拿来对读。日本有种种英和对译丛书，左页是英文，右页是日译，下方附以注解。我曾从这种丛书得到不少的便利。文法原是本于论理的，只要论理的观念明白，便不学文法，不分 noun 与 verb[①]亦可以读通英文。但对读的态度当然是要非常认真。须要一句一字地对勘，不解的地方不可轻轻通过，必须明白了全句的组织，然后前进。我相信认真地对读几部名作，其功效足可抵得学校中数年英文教科。——这也可说是无福享受正式求学的人的自慰的话；能入学校中受先生教导，当然比自修更为幸福。我也知道入学是幸福的，但我真犯贱，嫌它过于幸福了。自己不费钻研而袖手听讲，由先生拖长了时日而慢慢地教去，幸福固然幸福了，但求学心切的人怎能耐烦呢？求学的兴味怎能不被打断呢？学一种外国语要拖长许久的时日，我们的人生有几回可供拖长呢？语言文字，不过

---

① noun 与 verb：英语，noun 意即名词，verb 意即动词。

是求学问的一种工具,不是学问的本身。学些工具都要拖长许久的时日,此生还来得及研究几许学问呢?拖长了时日而学外国语,真是俗语所谓"拉得被头直,天亮了!"我固然无福消受入校正式求学的幸福;但因了这个理由,我也不愿消受这种幸福,而宁愿独自来用笨功。

关于"会话",即关于言语的腔调的学习,我又喜用笨法子。学外国语必须通会话。与外国人对晤当然须通会话,但自己读书也非通会话不可。因为不通会话,不能体会语言的腔调;腔调是语言的神情所寄托的地方,不能体会腔调,便不能彻底理解诗歌小说戏剧等文学作品的精神。故学外国语必须通会话。能与外国人共处,当然最便于学会话。但我不幸而没有这种机会,我未曾到过西洋,我又是未到东京时先在国内自习会话的。我的学习会话,也用笨法子,其法就是"熟读"。我选定了一册良好而完全的会话书,每日熟读一课,克期读完。熟读的方法更笨,说来也许要惹人笑。我每天自己上一课新书,规定读十遍。计算遍数,用选举开票的方法,每读一遍,用铅笔在书的下端划一笔,便凑成一个字。不过所凑成的不是选举开票用的"正"字,而是一个"读"字。例如第一天读第一课,读十遍,每读一遍画一笔,便在第一课下面画了一个"言"字旁和一个"士"字头。第二天读第二课,亦读十遍,亦在第二课下面画一个"言"字和一个"士"字,继续又把昨天所读的第一课温习五遍,即在第一课的下面加了一个"四"字。第三天在第三课下画一"言"字和"士"字,继续温习昨日的第二课,在第二课下面加一"四"字，又继续温习前日的第一课，在第一课下面再加了一个"目"字。第四天在第四课下面画一"言"字和一"士"字，继续在第三课下加一"四"字，第二课下加一"目"字，第一课下加一"八"字，到了第四天而第一课下面的"读"字方始完成。这样下去，每课下面的"读"字，逐一完成。"读"字共有二十二笔，故每课共读二十二遍，即生书读十遍，第二天温五遍，第三天又温五遍，第四天再温二遍。故我的旧书中，都有铅笔画成的"读"字，每课下面有了一个完全的"读"字，即表示已经熟读了。这办法有些好处：分四天温习，屡次反复，容易读熟。我完全信托这机械的方法，每天像和尚念经一般地笨读。但如法读下去，前面的各课自会逐渐地从我的唇间背诵出来，这在我又感得一种愉快，这愉快也足可抵偿笨读的辛苦，使我始终好笨而不迁。会话熟读的效果，我于英语尚未得到实证的机会，但于日本语我已经实证了。我在国内时只是笨读，虽然发音和语调都不正确，但会话的资料已经完备了。故一听到日本人的说话，就不难就自己所已有的资料而改正其发音和语调，比较到了日本而从头学起来的，进步快速得多。不但会话，我又常从对读的名著中选择几篇自己所最爱读的短文，把它分为数段，而用前述的笨法子按日熟读。例如 Stevenson[①] 和夏目漱石的作品，是我所最喜熟读的材料。我的对于外国语的理解，和对于文学作品的理解，都因了这熟读的方法而增进一些。这

---

① Stevenson: 斯蒂文生 (Robert Louis Stevenson, 1850—1894)，英国小说家。

益使我始终好笨而不迁了。——以上是我对于外国语的学习法。

第二，对于知识学科的书的读法，我也有一种见地：知识学科的书，其目的主要在于事实的报告；我们读史地理化等书，亦无非欲知道事实。凡一种事实，必有一个系统。分门别类，源源本本，然后成为一册知识学科的书。读这种书的第一要点，是把握其事实的系统。即读者也须源源本本地谙记其事实的系统，却不可从局部着手。例如研究地理，必须源源本本地探求世界共分几大洲，每大洲有几国，每国有何种山川形胜等。则读毕之后，你的头脑中就摄取了地理的全部学问的梗概，虽然未曾详知各国各地的细情，但地理是什么样一种学问，我们已经知道了。反之，若不从大处着眼，而孜孜从事于局部的记忆，即使你能背诵喜马拉雅山高几尺，尼罗河长几里，也只算一种零星的知识，却不是研究地理。故把握系统，是读知识学科的书籍的第一要点。头脑清楚而记忆力强大的人，凡读一书，能处处注意其系统，而在自己的头脑中分门别类，作成井然的条理；虽未看到书中详叙细事的地方，亦能知道这详叙位在全系统中哪一门哪一类哪一条之下，及其在全部中重要程度如何。这仿佛在读者的头脑中画出全书的一览表，我认为这是知识书籍的最良的读法。

但我的头脑没有这样清楚，我的记忆力没有这样强大。我的头脑中地位狭窄，画不起一览表来。倘教我闲坐在草上花下或奄卧在眠床中而读知识学科的书，我读到后面便忘记前面。终于弄得条理不分，心烦意乱，而读书的趣味完全灭杀了。所以我又不得不用笨法子。我可用一本notebook①来代替我的头脑，在notebook中画出全书的一览表。所以我读书非常吃苦，我必须准备了notebook和笔，埋头在案上阅读。读到纲领的地方，就在notebook上列表，读到重要的地方，就在notebook上摘要。读到后面，又须时时翻阅前面的摘记，以朗此章此节在全体中的位置。读完之后，我便抛开书籍，把notebook上的一览表温习数次。再从这一览表中摘要，而在自己的头脑中画出一个极简单的一览表。于是这部书总算读过了。我凡读知识学科的书，必须用notebook摘录其内容的一览表。所以十年以来，积了许多的notebook，经过了几次迁居损失之后，现在的废书架上还留剩着半尺多高的一堆notebook呢。

我没有正式求学的福分，我所知道于世间的一些些事，都是从自己读书而得来的；而我的读书，都须用上述的机械的笨法子。所以看见闲坐在青草地上，桃花树下，伴着了蜂蜂蝶蝶、燕燕莺莺而读英文数学教科书的青年学生，或拥着绵被高枕而卧在眠床中读史地理化教科书的青年学生，我羡慕得真要怀疑！

1930年11月13日，嘉兴

---

① notebook：英语，笔记本。

好花时节不闲身

英语教授我观

英语教授，除了一般所注意的"How to read"（"怎样读"）和"How to speak"（"怎样讲"）以外，还有更重的一个要点，便是"How to think"（"怎样想"）。这要点，在浅薄的英文研究者，往往被忽略；在浅薄的英文教授者，也都不被注意，就徒然使得英语的真的价值不显著，而学者的英语研究的效果也浅薄了。"read"（"读"）和"speak"（"讲"），譬如英语的皮毛；"think"（"想"）是英语的生命。英语教授者，都应该明白：在他的教鞭下的青年，为什么要学英语？要学真的英语呢还是只要学英语的皮毛？如果真要认识那Anglo-Saxon的真精神，而要奏英语研究的完全的效果，非使他们捆住英语的生命不可。

A、B、C的发音，"shall and will"的用法，已曾被多数英语教授者注意及了。多数的学生，单学得些英语的读法和说法而出校门了。他们都会读"Open, Sesame！"[①]，会说"Yes or no"。然而真的英吉利人的思想、真的英文学的内容，在几本浅薄的教科书、文法书、会话书里，他们没有尝到过。这样的人，我觉得不能称为英语研究者，只能说是英语的"鹦鹉"。

"How to speak"和"How to read"，当然原是英语研究的重要的基础。我所否的，是以"How to speak"和"How to read"为英语教授的唯一的职能的英语教授者。上海滩上的"来叫come去叫go，一块洋钿温大龙"，当然是我们所不许的。英语极熟的外国洋行里、公馆里的走狗，也当然是我们所贱的。

孩稚的初级中学生，英语的基础还没有巩固，似乎配不上研究英文学。这话一半原是有理的。然而很大的误谬，往往就在这话里发生。A boy, A boy（一个男孩，一个男孩）还发音不来的儿童，当然用不到研究英文学的名目。然而英语渐渐进步起来，做教师的应该引导他向真的英语精神的路上，使他渐渐得到开英语的宝库的钥匙。一般 utilitarian（功利主义）的英语研究者或英语教师，以为 literature（文学）不是我们中学校的英语教师和学生的所有事；poem（诗）更加和中学校的英语没交涉。他们把"文学""诗"等名词看得高不可仰。一则由于他们的英语研究的肤浅，二则由于 utilitarian（功利主义者）的见解浅薄。utilitarian 的思想，是中国一切参仿洋法的事业只有表面而内容糟乱的病根。银行手只晓得 balance due（结欠金

[①] 英文，意即"芝麻，开开门"，是个开门咒，源自《一千零一夜》中的一个故事。

额），站长只晓得 minutes late（晚点），工业者只晓得 engine（引擎，发动机），英文教师也就只晓得 model reader（模范读物），mother language（本国语言）。这样的皮毛的研究，只能算一种小聪明，何曾是研究？要除去这样的弊害，只有在无论何种学校的最初的英语教授上加注意，使他们的志望不局于 utilitarian 的狭小范围内，使他们懂得用"Open, Sesame！"的咒来打开真的英语精神的门，接触真的不列颠魂。在这目的之下，我主张灌输英文学和英诗的知识于学生。

一民族的思想的精华，藏在这民族的文学和诗里。一民族的真的精神，也藏在这民族的文学和诗里。第一：在民族精神结合的点上着眼，学英语的学生，有研究英文学和英诗的必要。因为欲谋民族关系或国际的友谊的亲密，使人民研究他国民族文学是唯一的方法。两民族的亲善，全在民族和民族的互相了解。法国人有一句有名的格言："Tout comprendre，c'est tout pardonner."就是英国的"To understand everything is to pardon everything"。历史上一切国际的交涉，都原因于两方没有相互的 understanding（了解），因之就不能互相 pardon（宽恕），就起争执。换句话说，我们如果 understand（了解）了操英语的民族，就真心地钦佩他们，就不会误解操英语的民族为"shop-keepers"，而作皮毛的模仿了。

第二：英文学，英诗，是世界上的思想的宝库。Shakespear（莎士比亚）以至 Kipling（吉卜林），许多诗人文人遗下许多的珍宝在这世界上，无论何人都有享受的自由。读过英美文学，像Milton（弥尔顿），Shelley（雪莱），Browning（布朗宁），Emerson（爱默生），Whitman（惠特曼）等的制作的，谁不真心地崇拜操英语的民族！谁不感谢他们对后人的恩惠！教师对于学英语的人，都应该给以得接触英语的精髓的机会，以使他们以understand英语为目的。诗，原来不是十分艰深的别种的文字。中国向来有科举式的，极雕斫的诗，为一般人不解，因此就生了把诗看作异样的文字的因袭的观念。实在，好诗决不是多数人所不解的。诗近于歌，人生确是先会诗歌而后能文言的。所以世界上most popular（流传最广）的诗，都是学生所能够懂得的。英语教授者，正应该给学生以开这英语的宝库的钥匙。

第三：英美的民族，是democracy（民主）和liberty（自由）的民族。在文学中隐藏着这等真义。研究英语者，如果限于A、B、C的发音，shall、will的用法等机械的钻求，把英语研究只当作一种技巧，或一种应酬的工具，或商业的媒介物，而疏忽了文学方面的研究，就永远不能understand英语，永远不能梦见真的英美民族的democracy和liberty的精神了。实在，要understand真的不列颠、真的亚美利加，不必远涉重洋，去拜访伦敦、纽约、芝加哥。只要伏在你的书斋的冷静的角里，或火炉旁边，熟读不列颠或亚美利加的著作家的杰作。读Chaucer（乔叟）、读Milton（弥尔顿）、读Ruskin（罗斯金）和Carlyle（卡莱尔）、读Emerson（爱默生）和Hawthorne（霍桑），就可以悟到英美的民族决不是shop-keepers，在他们的物质的国民性的内层，隐着一道勃勃的理想的泉流，就可以得到他们的 democracy 和 liberty 的真精神，就可以明白他们的道德的生活的基础，和现代的英美所以在世界上称优秀的原因了。

最后我对于 poem 的教授要讲几句话：poem 的教授，注意于内容的选择外，还应该讲求音乐的要素。大凡富于音乐的要素的诗歌文章，必容易动人的感情而使读者易于上口，而发生兴味。所以内容好而音节也好的诗，实在是学生的最适当的读物。再进理想一步，诗和歌互有联络的利益，即学校的文学科和音乐科应该有一种密切的相互关系。即如果借音乐来唱诗，岂不使音乐的歌词上更富于文学的要素，而使诗更富于音乐的要素吗？如果取英美的名词，配上英美的有名的旋律，合成音乐，岂不使学者得更切实地体验英美人的思想和精神，就容易更切实地 understand 英美吗？这样，读英语的学校，在音乐上自然可以有英语唱歌的教授否，应该有英语唱歌的教授。实在，像英国国歌"God Save the King"（《天佑吾王》），美国民谣"Massa's in the Cold, Cold Ground"（《马萨安息在墓里》），旋律上弥漫着雄浑的英国趣味和殖民地的美国趣味，歌词上一则显出着国本巩固的英国气象，一则吐露着隐伏在移植于亚美利加的白人的心底里的怀祖国的悲哀。像这等歌曲，为音乐教授，固然可取；为音乐与英语的联络教授，也必然是可取的材料。

1923，耶稣降诞节的前夜

无言独上西楼

读书

《中学生》杂志社出了一个关于"书"的题目来，命我写一篇随笔。倘要随我的笔写出，我新近到杭州去医眼疾，独游西湖，看了西湖上的字略有所感，让我先写些关于字的话吧。

以前到杭州，必伴着一群人，跟着众人的趋向而游西湖。走马看花地巡行，于各处皆不曾久留。这回独自来游，毫无牵累。又是为求医而来，闲玩似属天经地义，不妨于各处从容淹留。我每在一个寻常惯到的地方泡一碗茶，闲坐，闲行，闲看，闲想，便可勾留半日之久。

听了医生的话，身边不带一册书。但不幸而识字，望见眼前有文字的地方，会不期地睁着病眼去辨识。甚至于苦苦地寻认字迹，探索意味。我这回才注意到：西湖上发表着的文字非常之多，皇帝的御笔，名人士夫的联额，或勒石，或刻木冠，冠冕堂皇地，金碧辉煌地，装点在到处的寺院台榭中。这些都是所谓名笔，将与湖山同朽，千古留名的。但寺院台榭内的墙壁上，栋柱上，甚至门窗上，还拥挤着无数游客的题字，也是想留名于湖山的。其文字大意不过是"某年某月某日某人到此"而已，但表现之法各人不同：有的用炭条写，有的用铅笔写，有的带了（或许是借了）毛笔去写，又有的深恐风雨侵蚀他的芳名，特用油漆涂写。或者不是油漆，是画家的油画颜料。画家随身带着永不退色的法国罗佛朗制的油画颜料，要在这里留名千古，是很容易的。写的形式，又各人不同：有的字特别大，有的笔划特别粗，皆足以牵惹人目。有的在别人直书的上面故用横行、斜行的文字，更为显著而立异。又有的引用英文、世界语，使在满壁的汉字中别开生面。我每到一处地方，不论碑上的、额上的、壁上的、柱上的，凡是文字，都喜观玩。但有的地方实在汗牛充栋，尽半日淹留之长，到底不能一一读遍所有各家的大作。我想，倘要尽读全西湖上发表着的所有的文字，恐非有积年累月的闲工夫不可。

　　我这回仅在惯到的几处闲玩二三日。但所看到的文字已经不少。推想别处，也不过是同样性质的东西增加分量罢了。每当目瞑意倦的时候，便回想关于所见的所感。勒石的御笔和金碧的名人手迹中，佳作固然有，但劣品亦处处皆是。它们全靠占着优胜的地位，施着华美的装潢，故能掩丑于无知者之前。若赤裸裸地品起美术的价值来，不及格的恐怕很多。壁上的炭条文字中，涂鸦固然多，但真率自然之笔亦复不少。有的似出于天真烂漫的儿童之手，有的似出于略识之无的工人之手。然而一种真率简劲的美，为金碧辉煌的作品中所不能见。可惜埋

_85

没在到处的暗壁角里,不易受世人的赏识,长使笔者为西湖上无名的作家耳。假如湖山的管领者肯选拔这些文字来,勒在石上,刻在木上,其美术的价值当比御笔的石碑高贵得多呢。

我的感想已经写完,但终于没有写到本题。倘读书与看字有共通的情形,就让读者"闻一以知二"吧。不然,我这篇随笔文不对题,让编辑先生丢在字纸笼里吧。

1933年9月

年丰便觉村居好

立达五周年纪念感想

立达五周年纪念了。在五周年纪念的时节，我便想起五年前立达诞生的光景。

现在全学园中，眼见立达诞生的人，已经很少。据我算来，只有匡先生，陶先生，练先生，我，和校工郭志邦五个人。下面的旧话，可在我们五个人的心中唤起同样的感兴。

一九二四年的严冬，我们几个飘泊者在上海老靶子路租了两幢房子，挂起"立达中学"的招牌来。那时我日里在西门的另一个学校中做教师，吃过夜饭，就搭上五路电车，到老靶子路的两幢房子里来帮办筹备的工作。那时我们只有二三张板桌，和几只长凳，点一盏火油灯。我欢喜喝酒，每天晚上一到立达，袋中摸出两只角子来，托"茶房"（就是郭志邦君，我们只有唯一的校工，故不称他郭志邦，而用"茶房"这个普通名词称呼他）去打黄酒。一面喝酒，一面商谈。吃完了酒，"茶房"烧些面给我们当夜饭吃。半夜模样，我再搭了五路电车回到我的寄食处去睡觉。这样的日月，度送了约有三四个礼拜。正是这几天的天气。

不久我们为了房租太贵，雇了一辆榻车，把全校迁到了小西门黄家阙的一所旧房子内，就开学了。在那里房租便宜得多，但房子也破旧得多。楼下吃饭的时候，常有灰尘或水渍从楼板上落在菜碗里。亭子间下面的灶间，是匡先生的办公处兼卧室。教室与走路没有间隔，陶先生去买了几条白布来挂上，当作板壁。在那房子里上了半年课，迁居到江湾的自建的校舍，就是现在的立达学园中，于兹四年半了。

讲起这种旧话，现在只有我们五个人心中有具象的回忆。我们五个人，对于立达这五岁的孩子，仿佛是接生的产婆。这孩子的长育，虽然全靠后来的许多乳母的功劳，但仅在这五周年纪念的一天，回想他的诞生的时候，我们五个人脸上似乎有些风光。

但讲到风光，五人中我最惭愧了。我看他诞生以后，五年之中，实在没有好好地抚育他，近来更是疏远。匡先生，陶先生，练先生，对他的操心比我深厚得多；然而三位先生还不及郭志邦君的专一。五年间始终不懈地，专心地，出全力地为他服劳的，实在只有郭志邦君一人。

他在五年前给我打酒，为我们烧面，招呼我们搬家。在五年的一千八百天中，不断地看守门房，收发信件，打钟报时，经过他的手的信件，倘以平均每日收发一百封计，已有十万八千封。他的打钟，倘以平均每天二十次计，已有三万六千次。但他的态度未尝稍变,他的服务未尝稍懈,五年如一日。苦患的时候,例如前年的兵灾,他站在前面;享乐的时候,例如开同乐会,他退在后面。而他所得的工资,又常是微薄得很的。青年的园友们,试想想看:这种刻苦坚忍,谦虚,知足的精神,我们应该如何钦佩!在五周年纪念会的席上,我们应该赠他"立达的元勋"的尊号呢。

　　我在立达五周年纪念节所起的感想,只有这一点对志邦君的惭愧心。

1930年作

雀巢可俯而窺

学会艺术的生活

原本我们初生入世的时候,最初并不提防到这世界是如此狭隘而使人窒息的。

我们虽然由儿童变成大人,然而我们这心灵是始终一贯的心灵,即依然是儿时的心灵,只不过经过许久的压抑,所有的怒放的、炽热的感情的萌芽,屡被磨折,不敢再发生罢了。这种感情的根,依旧深深地伏在做大人后的我们的心灵中。这就是"人生的苦闷"根源。

我们谁都怀着这苦闷,我们总想发泄这苦闷,以求一次人生的畅快。艺术的境地,就是我们所开辟的、来发泄这生的苦闷的乐园。我们的身体被束缚于现实,匍匐在地上。

然而我们在艺术的生活中,可以暂时放下我们的一切压迫与负担,解除我们平日处世的苦心,而作真的自己的生活,认识自己的奔放的生命。我们可以瞥见"无限"的姿态,可以体验人生的崇高、不朽,而发现生的意义与价值了。艺术教育,就是教人以这艺术的生活的。

知识、道德，在人世间固然必要，然倘若缺乏这种艺术的生活，纯粹的知识与道德全是枯燥的法则的纲。这纲愈加繁多，人生愈加狭隘。

所谓艺术的生活，就是把创作艺术、鉴赏艺术的态度来应用在人生中，即教人在日常生活中看出艺术的情味来。倘能因艺术的修养，而得到了梦见这美丽世界的眼睛，我们所见的世界，就处处美丽，我们的生活就处处滋润了。

艺术教育就是教人用像作画、看画一样的态度来对世界；换言之，就是教人学做孩子，就是培养小孩子的这点"童心"，使他们长大以后永不泯灭。童心，在大人就是一种"趣味"。培养童心，就是涵养趣味。

大人与孩子，分居两个不同的世界。儿童对于人生自然，另取一种特殊的态度，即对于人生自然的"绝缘"的看法。哲学地考察起来，"绝缘"的正是世界的"真相"，即艺术的世界正是真的世界。

人类最初，天生是和平的、爱的。所以小孩子天生有艺术态度的基础。

世间教育儿童的人，父母、老师，切不可斥儿童的痴呆，切不可把儿童大人化，宁可保留、培养他们的一点痴呆，直到成人以后。因为这痴呆就是童心。小孩子的生活，全是趣味本位的生活。

我所谓培养，就是做父母、做老师的人，应该乘机助长，修正他们的对于事物的看法。要处处离去因袭，不守传统，不照习惯，而培养其全新的、纯洁的"人"的心。

对于世间事物，处处要教他用这个全新的纯洁的心来领受，或用这个全新的纯洁的心来批判选择而实行。认识千古大谜的宇宙与人生的，便是这个心。得到人生的最高愉悦的，便是这个心，赤子之心。

孟子说："大人者，不失其赤子之心者也。"所谓赤子之心，就是孩子的本来的心，这心是从世外带来的，不是经过这世间的造作后的心。

明言之，就是要培养孩子的纯洁无疵、天真烂漫的真心，使成人之后，"不为物诱"，能主动地观察世间，矫正世间，不致被动地盲从这世间已成的习惯，而被世间结成的罗网所羁绊。

常人抚育孩子，到了渐渐成长，渐渐脱去其痴呆的童心而成为大人模样的时代，父母往往喜慰，实则这是最可悲哀的现状！因为这是尽行放失其赤子之心，而为现世的奴隶了。

豁然开朗

山水间的生活

我家迁住白马湖上后三天,我在火车中遇见一个朋友,对我这样说:"山水间虽然清静,但物质的需要不便之外,住家不免寂寞,办学校不免闭门造车,有利亦有弊。"我当时对于这话就起一种感想,后来忙中就忘却了。

现在春晖在山水间已生活了近一年了,我的家庭在山水间已生活了一月多了。我对于山水间的生活,觉得有意义,又想起了火车中的友人的话。写出我的几种感想在下面。

我曾经住过上海,觉得上海住家,邻人都是不相往来,而且敌视的。我也曾做过上海的学校教师,觉得上海的繁华和文明,能使聪明的明白人得到暗示和觉悟,而使悟力薄弱的人收到很恶的影响。我觉得上海虽热闹,实在寂寞,山中虽冷静,实在热闹,不觉得寂寞。就是上海是骚扰的寂寞,山中是清静的热闹。

在火车里的几小时,是在这社会里四五十年的人生的缩图。

座位被占，提包被偷等恐慌，就是生活恐慌的缩形。倘嫌山水间的生活的寂寞，而慕都会的热闹，犹之在只乘四五个相熟的人的火车里嫌寂寞，要望别的拥挤着的车子里去。如果有这样的人，他定是要描写拥挤的车子而去观察的小说家，否则是想图利去的 Pick-Pocket（扒手）。

我在教授图画唱歌的时候，觉得以前曾在别处学过图画唱歌的人最难教授，全然没有学过的人容易指导。同样，我觉得在社会里最感到困难的是"因袭的打破难"。许多学校风潮，许多家庭悲剧，许多恶劣的人类分子，都是"因袭的罪恶"，何尝是人间本身的不良。因袭好比遗传，永不断绝。新文化一次输入因袭旧恶的社会里，仿佛注些花露水在粪里，气味更难当。再输入一次，仿佛在这花露水和粪里再注入些香油，又变一种臭气。我觉得无论什么改造，非先除去因袭的恶弊终归越弄越坏。在山水间的学校和家庭，不拘何等孤僻，何等少见闻，何等寂寥，"因袭的传染的隔远"和"改造的容易入手"是实实在在的事实。

我从前往往听见人讲到子弟求学或职业等问题，都说："总要出上海[①]！"听者带着一种对于将来生活的恐慌的自警的态度默应着。把这等话的心理解剖起来，里面含着这样的几个要素：（一）上海确是文明地，冠盖之区，要路津。（二）少年应当策高足，先据这要路津。（三）这就是吾人应走的前途。

[①] 出上海，指到上海去。

所谓闭门造车,也是具有这样的内容的话。怀着这样的思想的人,是因袭的奴隶,是因袭的维持者。

闭门造车,是指说不符合门外的轨道的大小,造了不能在门外的轨道上运行的车。行车一定要在已成的轨道上吗?这已成的轨道确是引导我们走正路的吗?有了车不能造轨道的吗?在这"闭门造车"一句话里,分明表示着人们的依赖、因袭,和创造力多么薄弱。

不造则已,如果要造车,一定非闭门造不可。如果依照已成的轨道而造,所造出的车子和以前已有的车子一样,就在已成的轨道上随波逐流地去了。即使已有的车子是好的,已成的轨道是正的,造车的效力也不过加多了车,不是造车的进步。何况已有的车子或者不好,已成的轨道或者不正呢。

"好久不到都会了,好久不看报了,退步了。"这样说的人也有。实在,进步是前进的意思,进步越快,离社会越远,离社会越远,进步越深(这是厨川白村说的)。子路说道:"吾过矣,吾离群而索居,亦已久矣。"这便是子路所以为子路。

"山水间生活,有利亦有弊",这大概是指清静、空气新鲜、生活程度低等是利。需要不便、寂寞、闭门造车等是弊。这是要计较两方的利弊长短而取舍的意思。这话的内容和"新思想并不恶、时势变更了不得已而然的。但从前的习惯一概不好,也不能说"的话同是乡愿的话。

这话的变形,就是"凡物都有明暗两方面的"。这话固然不错。但我觉得明暗是一体的。非但如此,明是因为有暗而益明的。仿佛绘画，明调子因暗调子而益美，暗调子因明调子而也美了。断不是明面好，暗面不好。如果取明而弃暗。就是Ruskin（罗斯金）所谓："自然像日光和阴影相交一般混合着优劣两种要素，使双方相互地供给效用和势力的。所以除去阴影的画家，定要在他自己造出来的无荫的沙漠里烧死！"

爱一物，是兼爱它的阴暗两方面。否，没有暗的明是不明的，是不可爱的。我往往觉得山水间的生活，因为需要不便而菜根更香，豆腐更肥。因为寂寥而邻人更亲。

且勿论都会的生活与山水间的生活孰优孰劣，孰利孰弊。人生随处皆不满，欲图解脱，唯于艺术中求之。

1923 年 5 月 14 日，在小杨柳屋

长桥卧波

精神的粮食

人生目的为何？从伦理的哲学的言之，要不外乎欲得理想的生活。亦即欲得快乐的生活。换言之，欲满足种种欲望。人欲有五：食欲，色欲，知欲，德欲，美欲是也。食色二欲为物质的，为人生根本二大欲。但人决不能仅此满足即止，必进而求其他精神的三大欲之满足。此为人生快乐的向上，向上不已，食色二欲中渐渐混入美欲，终于由美欲取代食色二欲，是为欲之升华。升华之极，轻物质而重精神。所欲有甚于生，人生即达于"不朽"之理想境域。故精神的粮食，有时更重于物质的粮食。

浅而言之，儿童之求游戏有时甚于求食。囚犯之苦寂寞有时甚于饥寒。反之，发奋忘食，闻乐不知肉味，亦不独孔子为然，人皆有之，不过程度有差等耳。今人职业与事业不符者，苦痛万状。因职业只供物质的粮食，而不供精神的粮食也。

以艺术为粮，则造型美术如食物，诗文、音乐如饮料，演剧、舞蹈如盛筵。

于艺术中求五味，则闲适诗，纯绘画（图案，四君子等），纯音乐[Bach（巴赫）]等作品，注重形式，悦目赏心，其味如甜。记叙，描写，抒情之诗；史画，院画，诗画，描写乐，标题乐及歌曲，兼重内容，言之有物，其味如咸。讽喻诗，宣传画（poster），漫画，军乐，战歌，动心忍性，其味如辣。感伤诗，浪漫画，哀乐，夜曲，清幽隽永，其味如酸。至于淫荡之诗，恶俗之画，靡靡之音，则令人呕吐，其味如臭矣。

三杯不记主人谁

甘美的回味

有一次我偶得闲暇,温习从前所学过的弹琴课。一位朋友拍拍我的肩膀说道:"你们会音乐的真是幸福,寂寞起来弹一曲琴,多么舒服!唉,我的生活太枯燥了。我儿时也想学些音乐,调剂调剂呢。"

我不能首肯于这位朋友的话,想向他抗议。但终于没有对他说什么。因为伴着拍肩膀而来的话,态度十分肯定而语气十分强重,似乎会跟了他的手的举动而拍进我的身体中,使我无力推辞或反对。倘使我不承认他的话而欲向他抗议,似乎须得还他一种比拍肩膀更重要一些的手段——例如跳将起来打他几个巴掌——而说话,才配得上抗议。但这又何必呢。用了拍肩膀的手段而说话的人,大都是自信力极强的人,他的话是他一人的法律,我实无须向他辩解。我不过在心中暗想他的话的意思,而独在这里记录自己的感想而已。

这朋友说我"寂寞起来弹一曲琴多么舒服",实在是冤枉了我！因为我回想自己的学习音乐的经过，只感到艰辛与严肃，却从未因了学习音乐而感到舒服。

记得十六七年前我在杭州第一师范读书的时候，最怕的功课是"还琴"。我们虽是一所普通的初级师范学校，但音乐一科特别注重，全校有数十架学生练习用的五组风琴，和还琴用的一架大风琴，唱歌用的一架大钢琴。李叔同先生每星期教授我们弹琴一次。先生先把新课弹一遍给我们看。略略指导了弹法的要点，就令我们各自回去练习。一星期后我们须得练习纯熟而来弹给先生看，这就叫做"还琴"。但这不是由教务处排定在课程表内的音乐功课，而是先生给我们规定的课外修业。故还琴的时间，总在下午二十分至一时之间，即午膳后至第一课之间的四十分钟内，或下午六时二十分至七时之内，即夜饭后至晚间自修课之间的四十分钟内。我们自己练习琴的时间则各人各便，大都在下午课余，教师请假的时间，或晚上。总之，这弹琴全是课外修业。但这课外修业实际比较一切正课都艰辛而严肃。这并非我个人特殊感觉，我们的同学们讲起还琴都害怕。我每逢轮到还琴的一天，饭总是不吃饱的。我在十分钟内了结吃饭与盥洗二事，立刻挟了弹琴讲义，先到练琴室内去，抱了一下佛脚，然后心中带了一块沉重的大石头而走进还琴教室去。我们的先生——他似乎是不吃饭的——早已静悄悄地等候在那里。大风琴上的谱表与音栓都已安排妥帖，显出一排雪白的键板，犹似一件怪物张着阔大的口，露出一口雪白的牙齿而蹲踞着，在那里等候我们的来到。

先生见我进来，立刻给我翻出我今天所应还的一课来，他

_105

对于我们各人弹琴的进程非常熟悉,看见一人就记得他弹到什么地方。我坐在大风琴边,悄悄地抽了一口大气,然后开始弹奏了,先生不逼近我,也不正面督视我的手指,而斜立在离开我数步的桌旁。他似乎知道我心中的状况,深恐逼近我督视时,易使我心中慌乱而手足失措,所以特地离开一些。但我确知他的眼睛是不绝地在斜注我的手上的。因为不但遇到我按错一个键板的时候他知道,就是键板全不按错而用错了一根手指时,他的头便急速地回转,向我一看,这一看表示通不过。先生指点乐谱,令我从某处重新弹起。小错从乐句开始处重弹,大错则须从乐曲开始处重弹。有时重弹幸而通过了,但有时越是重弹,心中越是慌乱而错误越多。这还琴便不能通过。先生用和平而严肃的语调低声向我说,"下次再还"。于是我只得起身离琴,仍旧带了心中这块沉重的大石头而走出还琴教室,再去加上刻苦练习的功夫。

我们的先生的教授音乐是这样地严肃的。但他对于这样严肃的教师生活,似乎还不满足,后来就做了和尚而度更严肃的生活了。同时我也就毕业离校,入社会谋生,不再练习弹琴。但弹琴一事,在我心中永远留着一个严肃的印象,从此我不敢轻易地玩弄乐器了。毕业后两年,我一朝脱却了谋生的职务,而来到了东京的市中。东京的音乐空气使我对从前的艰辛严肃的弹琴练习发生一种甘美的回味。我费四十五块钱买了一口提琴,再费三块钱向某音乐研究会买了一张入学证,便开始学习提琴了。记得那正是盛夏的时候。我每天下午一时来到这音乐研究会的练习室中,对着了一面镜子练习提琴,一直练到五点半钟而归寓。其间每练习五十分钟,休息十分钟。这十分间非到隔壁的冰店里喝一杯柠檬刨冰,不能继续下一小时的练习。一星期之后,我左手上四个手指的尖端的皮都破烂了。起初各指尖上长出一个白泡,后来泡皮破裂,露出肉和水来。这些破烂的指尖按到细而紧张的钢丝制的E弦上,感到针刺般的痛楚,犹如一种肉刑!但提琴先生笑着对我说,"这是学习提琴所必经的难关。你现在必须努力继续练习,手指任它破烂,后来自会结成一层老皮,难关便通过了。"他伸出自己的左手来给我摸,"你看,我指尖上的皮多么老!起初也曾像你一般破烂过;但是难关早已通过了。倘使现在怕痛而停止练习,以前的工夫便都枉费,而你从此休想学习提琴了。"我信奉这提琴先生的忠告,依旧每日规定四个半钟头而刻苦练习,按时还琴。后来指尖上果然结皮,而练习亦渐入艰深之境。以前从李先生学习弹琴时所感到的一种艰辛严肃的况味,这时候我又实际地尝到了。但滋味和从前有些不同:因为从前监督我刻苦地练习风琴的,是对于李先生的信仰心;现在监督我刻苦地练习提琴的,不是对于那个提琴先生的信仰心,而是我的自励心。那个提琴先生的教课,是这音乐研究会的会长用了金钱而论钟点买来的。我们也是用金钱间接买他的教课的。他规定三点钟到会,五点钟退去,在这两小时的限度内尽量地教授我们提琴的技术,原可说是一种公平的交易。而且像我这远来的外国人,也得凭仗了每月三块钱的学费的力,而从这提琴先生受得平等的教授与忠告,更是可感谢的事。然而他对我的雄辩的忠告,在我觉得远不及低声的"下次再还"四个字的有效。我的刻苦地练习提琴,还是出于我自己的勉励心的，先生的教授与忠告不过供给知识与参考而已。我在这音乐研究所中继续练习了提琴四个多月，即便回国。我在那里熟习了三册提琴教则本和几曲 light opera melodies（轻歌剧旋律）。和我同室而同时开始练习提琴的，有一个出胡须的医生和一个法政学校的学生。但他们并不每天到会，因此进步都很迟，我练完第三册教则本时，他们都还只练完第一册。他们每嫌先生的教授短简而不详，不能使他们充分理解，常常来问我弹奏的方法。我尽我所知的告诉他们。我回国以后，这些同学和先生都成了梦中的人物。后来我的提琴练习废止了。但我时时念及那位医生和法政学生，不知他们的提琴练习后来进境如何。现在回想起来，他们当时进步虽慢，但炎夏的练习室中的苦况，到底比我少消受一些。他们每星期不过到练习室三四次，每次不过一二小时。而且在练习室中挥扇比拉琴更勤。我呢，犹似在那年的炎夏中和提琴作了一场剧烈的奋斗，而终于退守。那个医生和法政学生现在已由渐渐的进步而成为日本的 violinist（小提琴家）也未可知；但我的提琴上已堆积灰尘，我的手指已渐僵硬，所赢得的只是对于提琴练习的一个艰辛严肃的印象。

我因有上述的经验，故说起音乐演奏，总觉得是一种非常严肃的行为。我须得用了"如临大敌"的态度而弹琴，用了"如见大宾"的态度而听人演奏。弹过听过之后，只感到兴奋的疲倦，绝未因此而感到舒服。所以那个朋友拍着我的肩膀而说的话，在我觉得冤枉，不能首肯。难道是我的学习法不正，或我所习的乐曲不良吗？但我是依据了世界通用的教则本，服从了先生的教导，而忠实地实行的。难道世间另有一种娱乐的音乐教则本与娱乐的音乐先生吗？这疑团在我心中久不能释。有一天我在某学校的同乐会的席上恍然地悟到了。

同乐会就是由一部分同学和教师在台上扮各种游艺，给其余的同学和教师欣赏。游艺中有各种各样的演，唱，和奏。总之全是令人发笑的花头。座上不绝地发出哄笑的声音。我回看后面的听众，但见许多血盆似的笑口。我似觉身在"大世界""新世界"①一类的游戏场中了。我觉得这同乐会的确是"乐"！在座的人可以全不费一点心力而只管张着嘴巴嬉笑。听他们的唱奏，也可以全不费一点心力而但觉鼓膜上的快感。这与我所学习的音乐大异，这真可说是舒服的音乐。听这种音乐，不必用"如见大宾"的态度，而只须当作喝酒。我在座听了一会音乐，好似喝了一顿酒，觉得陶醉而舒服。

于是我悟到了，那个朋友所赞叹而盼望学习的音乐，一定就是这种喝酒一般的音乐。他是把音乐看作喝酒一类的乐事的。他的话中的"音乐"及"弹琴"等字倘使改作"喝酒"，例如说，"你们会喝酒的人真是幸福，寂寞起来喝一杯酒多么舒服！"那我便首肯了。

那种酒上口虽好，但过后颇感恶腥，似乎要呕吐的样子。我自从那回尝过之后，不想再喝了。我觉得这种舒服的滋味，远不及艰辛严肃的回味的甘美。

1931 年 5 月 7 日作

---

① "大世界"和"新世界"是当时上海两个游乐场的名称。

茅店

敬礼

　　像吃药一般喝了一大碗早已吃厌的牛奶，又吞了一把围棋子似的、洋钮扣似的肺病特效药。早上的麻烦已经对付过去。儿女都出门去办公或上课了，太太上街去了，劳动大姐在不知什么地方，屋子里很静。我独自关进书房里，坐在书桌面前。这是一天精神最好的时光。这是正好潜心工作的时光。

　　今天要译的一段原文，文章极好，译法甚难。但是昨天晚上预先看过，躺在床里预先计划过句子的构造，所以今天的工作并不很难，只要推敲各句里面的字眼，就可以使它变成中文。右手握着自来水笔，左手拿着香烟。书桌左角上并列着一杯茶和一只烟灰缸。眼睛看着笔端，热衷于工作，左手常常误把香烟灰敲落在茶杯里，幸而没有把烟灰缸当作茶杯拿起来喝。茶里加了香烟灰，味道有些特别，然而并不讨厌。

　　译文告一段落，我放下自来水笔，坐在椅子里伸一伸腰，眼梢头觉得桌子上右手所靠的地方有一件小东西在那里蠢动。

仔细一看，原来是一个受了伤的蚂蚁：它的脚已经不会走路，然而躯干无伤，有时翘起头来，有时翻转肚子来，有时鼓动着受伤的脚，企图爬走，然而一步一蹶，终于倒下来，全身乱抖，仿佛在绝望中挣扎。啊，这一定是我闯的祸！我热衷于工作的时候，没有顾到右臂底下的蚂蚁。我写完了一行字，迅速地把笔移向第二行上端的时候，手臂像汽车一样突进，然而桌子上没有红绿灯和横道线，因此就把这蚂蚁碾伤了。它没有拉我去吃警察官司，然而我很对不起它，又没有办法送它进医院去救治，奈何，奈何！

然而反复一想，这不能完全怪我。谁教它走到我的工场里来，被机器碾伤呢？它应该怪它自己，我恕不负责。不过，一个不死不活的生物躺在我眼睛面前，心情实在非常不快。我想起了昨天所译的一段文章：假定有百苦交加而不得其死的人；在没有生的价值的本人自不必说，在旁边看护他的亲人恐怕也会觉得杀了他反而慈悲吧。（见夏目漱石著《旅宿》）我想：我伸出一根手指去，把这百苦交加而不得其死的蚂蚁一下子捻死，让它脱了苦，不是慈悲么？然而我又想起了某医生的话：延长寿命，是医生的天职。又想起故乡的一句俗话：好死勿抵恶活。我就不肯行此慈悲。况且，这蚂蚁虽然受伤，还在顽强地挣扎，足见它只是局部残废，全体的生活力还很旺盛，用指头去捻死它，怎么使得下手呢？犹豫不决，耽搁了我的工作。最后决定：我只当不见，只当没有这回事，我把稿纸移向左些，管自继续做我的翻译工作。让这个自作孽的蚂蚁在我的桌子上挣扎，不关我事。

　　翻译工作到底重大，一个蚂蚁的性命到底藐小；我重新热衷于工作之后，竟把这事件完全忘记了。我用心推敲，频频涂改，仔细地查字典，又不断地抽香烟。忙了一大阵之后，工作又告一段落，又是放下自来水笔，坐在椅子里伸一伸腰。眼梢头又觉得桌子右角上离开我两尺光景的地方有一件小东西在那里蠢动。望去似乎比蚂蚁大些，并且正在慢慢地不断地移动，移向桌子所靠着的窗下的墙壁方面去。我凑近去仔细察看。啊哟，不看则已，看了大吃一惊！原来是两个蚂蚁，一个就是那受伤者，另一个是救伤者，正在衔住了受伤者的身体而用力把他拖向墙壁方面去。然而这救伤者的身体不比受伤者大，他衔着和自己同样大小的一个受伤者而跑路，显然很吃力，所以常常停下来休息。有时衔住了他的肩部而走路，走了几步停下来，回过身去衔住了他的一只脚而走路；走了几步又停下来，衔住了另一只脚而继续前进。停下来的时候，两人碰一碰头，仿佛谈几句话。也许是受伤者告诉他这只脚痛，要他衔另一只脚；也许是救伤者问他伤势如何，拖得动否。受伤者有一两只脚伤势不重，还能在桌上支撑着前进，显然是体谅救伤者太吃力，所以勉力自动，以求减轻他的负担。因为这样艰难，所以他们进行的速度很缓，直到现在还离开墙壁半尺之远，这个救伤者以前我并没有看到。想来是埋头于翻译的期间，他跑出来找寻同伴，发现这个同伴受了伤躺在桌子上，就不惜劳力，不辞艰苦，不顾冒险，拼命地扶他回家去疗养。这样藐小的动物，而有这样深挚的友爱之情，这样慷慨的牺牲精神，这样伟大的互助精神，真使我大吃一惊！同时想起了我刚才看不起他，想捻死他，不理睬他，又觉得非常抱歉，非常惭愧！

鲁迅先生曾经看见一个黄包车夫的身体大起来。我现在也如此：忽然看见桌子角上这两个蚂蚁大起来，大起来，大得同山一样，终于充塞于天地之间，高不可仰了。同时又觉得我自己的身体小起来，小起来，终于小得同蚂蚁一样了。我站起身来，向着这两个蚂蚁立正，举起右手，行一个敬礼。

1956 年 12 月 13 日于上海作

苍松顶上好安眠

图画成绩

寒假迫近了,教务处送一张油印纸来,要我报告图画分数,并选交几幅画,作为图画课的成绩。

可是我教图画,向来不打分数。老实说,除了看到这张油纸的时候以外,我的脑际从来不曾有过"分数"两个字。画也并没有保留,都任学生自己拿去了。图画课的成绩,实在无可报告,奈何!

倘使教务处能容许我不用分数和画幅来报告图画成绩,我倒可以报告一点。这便是我前天晚上散步中所看见的一回事:前天晚上,月色好得很,使我偷闲来校庭中散步了。偶然走到杨柳树旁边,看见廊下的柳影中有三五个学生,弯着身子,把头在教务室外的壁上聚作一堆,静悄悄地似乎在听壁脚。

"他们在窃听教务室中的秘密会议么?"我心中这样想着,慢慢地走近他们去。仔细一看,方知不对。他们并非在听壁脚,正拿一张纸罩在壁上,用铅笔在描写投在壁上的柳叶的影。原来这晚上月明风定，疏疏的衰柳的叶子投射清楚的黑影在淡黄色的墙壁上，成为可爱的模样。这牵惹了这几个学生的兴味，使他们特地拿了纸张和铅笔，到这里来描写。

"啊！绝妙的墨画！"我这一声叫打扰了他们的创作。然而这正是对于他们的创作的鉴赏。所以他们见了我，都很兴奋，热心地向我赞美这月下的美丽的柳影。又很欢喜，因为他们这尝试的行为遇到了知音的赏识。

这一件事，便是我所可报告的图画成绩。

恐怕教务先生不容许我。他们以为这是玩耍，不能算是成绩。要有可计算的分数，可悬挂的画，这才是图画成绩。又恐怕有几个巴急分数的学生，欢喜荣名的学生，也要说我不公平。他们也以为这是玩耍，与图画课有甚么关系呢？

然而我知道，欢喜读《中学生》的——欢喜读我的《美术讲话》的诸君，一定容许我，承认我的报告。因为这件事，比分数，比成绩，实在有趣味得多，有意义得多。倘有不解这种趣味而欢喜分数与成绩的人，我可以略略解说一下：

杨柳的叶，我们倘平心静气地，仔细地观察起来，实在是非常美秀的。古人的诗里，惯说"柳如眉"，用柳叶来比方美人的眉毛。其实眉毛哪里比得上柳叶？不过眉毛的弯度与肥瘦，大约像柳叶而已，但决不如柳叶的变化的丰富。且眉毛两旁的线很模糊，决不如柳叶的线的玲珑而清秀。诸君试拿铅笔，在纸上画一瓣柳叶看。倘是没有学过图画，不曾仔细观察过自然的人，一定画不好。校庭内多千多万的柳叶，我们却画不出它的一瓣！可见自然界的美何等丰富，何等深刻！我们安可不平心静气地亲近自然，观察自然，以自然为师呢？

　　写生画，便是自然美的研究。我们要把自然的美的形象表现在图画纸上，要把立体的自然化成平面的图画。发现了自然的美而静心地描写的时候，我们的兴味何等深长！感得了这种兴味，便会入梦一般地上图画课，便会埋怨下课铃的太早。这真是最有趣味的，最有意义的课业！

　　美秀的柳叶，在月光下投影在淡黄色的墙壁上。这是何等可爱的一幅天然的图画！只有真正观察过自然美的人，才能发现这趣味。只有真正学过图画的人，才能拿了铅笔和纸张而来描写这墙上的影子。不然，柳叶也不会牵惹他的注目，何况影子？上图画课都懒得，何况辛辛苦苦地伏在壁脚上描影？况且描了这影，又没有分数可得，又没有风头可出。所以除了真正学过图画的人以外，不会有人肯做这种发疯的事业了。

　　然而不学图画的人都苦了！都错了！

　　因为他们的眼中心中，只看见分数，只知道荣誉。像描影的那几个学生所体验的欢喜、感动、慰安、憧憬，在他们都无分；艺术的乐土，美的世界，人生的情味，宇宙的姿态，在他们都不能梦见。而他们所触目萦心的，都是苦痛的东西。为了争分数，求荣誉，他们要作无谓的奋斗，甚或陷入嫉妒、愤恨、浅陋、卑鄙等恶习。他们的心中只有苦痛而没有慰安，只有战争而没有和平。他们面子上在画图画，其实与图画相去不止千里；面子上在读书，其实一句书也没有读。他们是学校里的商人或官僚。因为他们的争分数犹之商人的争利,他们的争荣誉犹之官僚的争名。分数与荣誉是目的,读书是手段。达到了目的,手段就变做无用之物。所以他们的读书,全是徒劳!

学生诸君,第一要知道为学问而用功,为人生而求学。分数这样东西,是学校为欲勉励学生用功而设,本来是有益的事;但学生倘为分数所迷,它就对你有害了。学校里的分数,其作用可比方社会上的金钱。金钱可以督策人的工作,可以奖励人的勤勉。于是社会上的事业,赖以进步了,发达了。然而世界上的人心不良,到后来渐渐忘却了设金钱的本意,而误认金钱为最后的目的。于是不顾事业进步发达与否,而唯利是图了。这便成了今日的社会状态。试看现今市上发卖的工业品、日用品,往往面子上装得好看,而内部的质料与工作完全轻薄潦草,甚至不堪使用。我每每看见这类的货品,觉得这是人情硗薄的象征,不胜惋惜。这便是为了那些工人只知要钱!而完全忘却了其事业与工作的缘故。他们作出那些不堪使用的劣货来骗钱,骗到了钱,更不问自己的事业。因此社会就不能发达,人生的幸福就不能增进,于是有人咒诅金钱的万恶了。学校中只知巴急分数的学生,正同那些工人一样。他们只知要分数,而完全忘却了其学业。于是考试的时候有要求范围,抄脚带,做枪手等种种恶习,实无异于那种劣货。他们用这些劣货来骗分数,骗到了分数,更不问自己的学问。因此学校就不发达,学生的学业也不能进步,于是有人诅咒分数的万恶了。

至于荣誉,本来也不是不好的东西。但学生诸君应该知道,荣誉是实质的副产物。实质进步了，荣誉与之俱来；但不可离实质而单求荣誉，亦不可专为荣誉而励实质。图画进步了，作品被选入展览会了，赞赏自然也来了。但是我们学图画，岂为博得这点赞赏？我们自有像前面所说的更深的欢喜，更大的感动。某学校有预备展览会的办法。在开会前几天，教学生们为了展览会而拼命描画。这真是何等可笑的事！这样办起来的展览会，无论其作品何等精美，何等丰富，我不愿意入场参观。我宁愿看那几个学生伏在壁脚上描柳叶的影。

金钱本来是有利于人生而可喜的，但守钱房反被金钱所役使，而只觉得苦痛。名誉本来是有益于事业而可乐的，但名场客反被荣誉所迷惑，而只觉得不满。同理，分数与成绩可以奖励勤勉，促进学业，本来是正当而可贵的，但迷于分数与成绩的人，舍本逐末，就都错误而苦痛了。这种人的心，无异于守钱房与名场客，实在不应该住在学校里，更不应该住在图画教室里。因为学校是修养生活的地方，不必有名缰利锁；图画教室是观照生活的地方，用不着功利计较。所以这班人来入学校，实在是走错了路。无论他修业了十年，结果是毫无所得而空手回去的。

据我的见闻，争分数的学生，并非全由于他的本性，大半是环境所使然的。因为他们不幸而入了校风不良的学校，那里的学生大家都计较分数，先生也动辄拿分数来威吓学生。故虽有真心好学，明知分数的虚空的人，读了我上面的话觉得可以首肯，但大众的榜样与习惯的压迫，终于使他同化而屈服，这也是很多的情形。然而我仍要责备每个人的自身。他们的胸襟太偏狭，胆量太薄弱。说得时髦一点，革命的精神太缺乏了。你们每天在受党化的教育，每周在读总理的遗嘱，为甚么不能体得总理在大众屈服于满清帝制之下的时候独呼革命的精神呢？孙中山先生在当时的确受苦；但在现在何等光荣，每周在受万万学生的鞠躬呢！假如你们要追求光荣，请追求这种大光荣，万勿贪恋眼前的小光荣！真理是不会失败的。即使目前不利，时间终于能给它公正的判断。据我的见闻，在学校里分数独多，名次独高的人，毕业后不一定是人才；而虚怀静心地埋头在真正的研究生活中的人，无论在学校里，在社会上，都可钦佩，世界是全赖他们而进步的。

我所以赞美伏在墙脚上描影的几个学生，正为了钦佩他们的能不为荣利，而虚怀静心地埋头在真正的研究生活中。这几个人也许不是那样完全优良的学生，但至少这一点心是可以赞美的。使他们这一点心推广起来，应用于其他一切的学业上，应用于其一生的事业上，就可说是教育的效果，艺术教育的效果。所以我觉得这不是玩耍，这是比分数与画卷更加可贵的图画成绩。

然而我又有一种表面很相似而其实很可抱歉的成绩，也不得不在这里报告。这便是我前天在自修室的走廊里所看见的一回事：

我偶然走过自修室门口，望见里面有一个学生正在用图画纸罩在窗玻璃上，拿铅笔在纸上描画，姿态和那晚上所见的描影的人完全一样。可是我立停了脚,仔细看时,方知他是在印写别人的画,因为图画纸太厚,放在桌上印不出来,他就想出了这个聪明的办法,把纸罩在透明的窗玻璃上印写。这办法,为求成绩计,的确是事半功倍的捷径;但为学业计,为艺术计,为人生的修养计,其损失为何如?这是学业上的一种舞弊,学问上的一种盗窃。又不幸而被我看见了。

教务先生如果欢喜有确实可计的分数,精致可挂的画卷,这窗玻璃上的作品便是最优等的成绩了。因为那办法可以容易地获得很多的分数,制成很精致的画卷。故欢喜这种成绩,不啻奖励这种行为!

我说了许多牢骚的话,实在污渎了聪明的读者的清听!幸而临末还有一段话,可供欣赏:

我们的学校中,教室的玻璃窗新加了油漆。因为教室中的外边是走廊,上课的时候行人在走廊中来往容易妨碍听讲者的注意,所以用白油漆把窗玻璃涂掩了。恐怕是天气风燥的原故,或那些油漆的性质的原故,过了几天之后,那些油漆都发生龟裂,使每块窗玻璃都像一幅河流复杂的地图了。我最初看见的时候,以为是那个学生用指爪刮出来的,心中还怪他们太不爱护校具;但仔细一看,原来每块都如此,而且那裂痕的线十分美丽而统一,决不是学生的手所能画,不,就是世间最大的图案家,也一定不容易画出。我就像孔子进了明堂,在那些窗玻璃前徘徊不忍遽去了。"啊!自然美的伟大!人安可不以自然为师!那天晚上所见的柳叶的影是绝妙的墨画;现在这是绝妙的图案！"我心中这样想，仔细鉴赏那些曲线。事务先生在我背后走来了。他见我在注视那窗玻璃上的油漆的裂痕，就抱歉似的对我说道：

"那漆匠真可恶！成什么样子？明天喊他来重做！"他这话，把正在逍遥于那个很远的世界中的我呼了回来，我立刻回到这实际的世界上，重新把那窗玻璃当作学校的事务工作之一而观看一下，然后应答他：

"呃，龟裂了。天气太燥么？看倒很好看。"事务先生笑着，接近去凝视一下，也说道：

"呃，看倒很好看。"

我们彼此点一点头，分手了。

1929 年 11 月 23 日

三、艺术与人生

海内存知己

艺术与人生

艺术，在今日共有十二种，就是一、绘画，二、雕塑，三、建筑，四、工艺，五、音乐，六、文学，七、舞蹈，八、演剧，九、书法，十、金石，十一、照相，十二、电影。这一打艺术中，前八种是世界各国以前一向有的。后四种，是为现代中国新添的。因为这后四种中，书法和金石，是中国古来原有的艺术，而为外国所无的（日本有这两种艺术；但全是学习中国的。可看作中国艺术的一支流）。最后两种，照相和电影，则是最近世间新兴的艺术，现已流行于全世界的。所以我说，后四种是为现代中国新添的。

我们先来检点这一打艺术，看它们对于我们人生的关系状态如何：第一，绘画，是大家所常见的。无论中国画，西洋画，其在人生的用处，大都只是看看的。除了看看以外，并无其他实用（肖像画可以当作遗像供养，或可说是一特例。但其本身仍是艺术。至于博物图等，则属于地图之类，不入绘画范围）。

看看，好像是无关紧要的事；其实也很重要。我们的衣食住行，要求实用的便利以外，同时又要求形式的美观。"看"不是人生很重要的事吗？绘画，便是脱离了实用而完全讲究形式的美。使人看了悦目赏心，得到精神的涵养，感情的陶冶。所以虽然只是看看，而并无实用，在艺术上却占有很高的地位，被称为"纯正艺术"。

第二，雕塑，就是人物动物等的雕像或塑像。这与绘画同样，也只是给人看看，而并无实用的（纪念瞻拜用的铜像等，与肖像同例）。雕塑与绘画，其实同是一物；不过绘画在平面上表现美的形式，雕塑则在立体上表现美的形式，故雕塑是表现立体美的纯正艺术。

第三，建筑，就是造房屋。这种艺术，性状和前二者大不相同；都是有实用的。除了极少数的特例以外——例如宝塔，只是看看的，并无实用。凯旋门，也只是观瞻的，并非真要从这门中出入。——凡建筑都是供人住居的，即有实用的。但我们对于建筑，在"坚固"及"合用"两实用条件之外，又必讲求其形式的美观。例如宫殿，要求其形式的伟大，可使万民望而生畏。例如寺庙，要求其形式的崇高，可使信徒肃然起敬。例如住宅，要求其形式的优美，可使住的人心地安悦。……这便是艺术的工作。建筑之所以异于绘画雕塑者，即绘画雕塑可专为美观而自由制作，建筑则因实用（住居）条件的约束，在实用物上施以装饰。所以前二者被称为"自由艺术"，建筑则被称为"羁绊艺术"。又对于前二者的"纯正艺术"，建筑被称为"应用艺术"。

第四，工艺，就是器什日用品等的制作。这艺术的性质与建筑完全相同，不过建筑比它庞大一些罢了。这也是"羁绊艺术"，"应用艺术"。

第五，音乐，性状和前述四种大异，前述四种都是用眼睛看的。这音乐却是用耳朵听的。前述四种都是在空间的形式中表现美的，这音乐却是在时间的经过中表现美的。所以前四者被称为"视觉艺术"，"空间艺术"；音乐却被称为"听觉艺术"，"时间艺术"。这种时间艺术，对于我们人生有什么用处呢？还是同绘画一样，不过"听听"罢了，此外并无实用（结婚，出殡，用乐队，似是音乐的实用，其实乐曲的本身仍是一种独立的艺术）。"听听"有什么好处呢？也同"看看"一样，可以涵养精神，陶冶感情。音乐能用声音引诱人心，使无数观众不知不觉地进入于同样的感情中。这叫做音乐的"亲和力"。凡艺术都有亲和力，而音乐的亲和力特别大。所以为政，治国，传教，从军等，都盛用音乐。故"听听"看似无关紧要，其实用途极大。

第六，文学，这种艺术的性质，和前述五种又不同。它是用言语当作工具的一种艺术。换言之，它是制造美的言语的一种艺术，言语是听赏的（文学作品为欲传到后代及远方，故用铅字印成书本。我们看书，并非欣赏铅字，却仍是听说话）。故文学和音乐同属于听觉艺术。文学之所以异于音乐者，音乐不表出具体的意义，只诉于人的感情；文学则音调之外又表出具体的意义,兼诉于人的思想。讲到它在人生的用处,倒很复杂。有一部分文学,是有实用的,例如书牍之类。还有一部分文学,却是没有实用,竟是表现语言美的,例如诗词之类。故文学兼有"纯正艺术"与"应用艺术","自由艺术"与"羁绊艺术"双方面的性质。即既供实用,又供欣赏。所以文学在世界各国,都是最发达的艺术。

第七,舞蹈,这是用人的身体的姿势来表现美的一种艺术。其性质与音乐相似,而且大多同音乐合并表现(默舞是舞蹈的独立表现)。这完全没有实用,只供欣赏。

第八,演剧,这种艺术,与文学有密切关联,可说是文学的另一种表现法。文学用言语讲给人听,使听者在脑筋中想象出其情节来。演剧则由舞台代替了读者的脑筋,把情节实际地演出来。故文学可说是脑筋中演出的演剧,演剧可说是舞台上写出的文学。这种艺术,情形很复杂;包括上述的文学,音乐,舞蹈以及绘画,建筑,雕塑,工艺等一切艺术。所以演剧被称为"综合艺术"。讲到它在人生的用处,却完全是欣赏的——观赏的及听赏的。文学中还有实用文,演剧中却没有实用剧。

第九,书法,这是中国所特有的艺术。为什么中国特有呢?一者,外国人用钢笔,书法艺术不发育。中国人用 brush[①],写字就同描画一样。二者,外国文字用字母拼,就同电报号码差不多,不容易作成艺术。中国文字有象形,指事,根本同描画

[①] 指 writing brush, 即毛笔。

一样,所以中国人说"书画同源"。因此二故,书法是中国特有的艺术(日本也有,但前已说过,日本绘画模仿我国,其书法也模仿我国,与我国全同)。现在我们来检点一下,书法艺术在人生有何用处?这与绘画不同,却和文学一样,有实用的,有欣赏。例如函牍,碑文等,是实用的;对联,屏轴等,是欣赏的。然实用与欣赏又往往兼并,同建筑一样。例如古代的碑文,名家的函牍等,一方面有实用,一方面又是供人欣赏研究的艺术品。在写信写账等事务中,可以实行艺术创作,这是中国人的特权。中国实在是世界最艺术的国家!

第十,金石,这也是中国特有的艺术。而且是世间一切艺术中最精致的艺术。外国有一种小画,叫做 Miniature,在一个徽章上画一幅油画,可谓精致了,但其技法近于雕虫,远不及中国的金石的高尚。中国的金石,其好坏不在乎刻得工细与粗草,却在乎字的章法和笔法上。在数方分的面积中,作成一个调和、美丽、圆满无缺的小天地,便是金石的妙境。中国人常把"书画金石"三者并称。因为三者有密切的相互关系。故中国的画家往往能书,书家往往能治金石。像吴昌硕先生,便是兼长三者的。他晚年自己说,画不及书,书不及金石。可见金石是很高深的一种艺术。讲到它在人生的用处,就同书法一样:实用又兼欣赏。

第十一,照相,原来是工艺之一种,并不独立。近年来照相模仿绘画,表现独立的风景美,世人称为"美术照相";于是照相就由"准艺术"升为正式的一种艺术。这种艺术在人生的用处，就与绘画相同，它原是为了模仿绘画而成为艺术的。不过属于工艺的照相，便和工艺相同，是有实用的。

第十二，电影，是最近发达的一种艺术。发达得很，现已普遍于全世界。这是以演剧为根据，以照相为工具的一种新艺术。这仿佛是演剧的复制品。它的性质，就和演剧相同。它在人生的用处，也与演剧全同，只是欣赏的，并无实用（有些教育影片，不在艺术范围之内）。

以上已把十二种艺术对我们人生的关系状态约略地说过了。可知一切艺术，在人生都有用，不过其"用"的性状不同；有的直接有用，有的间接有用。即应用艺术是直接有用的，纯正艺术是间接有用的。近来世人盛用"为艺术的艺术"与"为人生的艺术"这两个新名词。我觉得这两个名词，有些语病。世间一切文化都为人生，岂有不为人生的艺术呢？所以我今天讲艺术与人生，避去这种玄妙的名词，而用切实浅显的说法。艺术在对人生的关系上，可分为"直接有用的艺术"与"间接有用的艺术"两种。前者以建筑为代表，后者以音乐为代表。

然而这个分法，也不是绝对判然的。因为艺术这件东西，本是人的生活的反映。人的生活错综复杂，艺术也就错综复杂，不能判然分别。建筑与音乐，是实用与非实用两种极端。其他各种艺术，就位在这两种极端之间，或接近这端，或接近那端，都无定位。总之，凡是对人生有用的美的制作，都是艺术。若有对人生无用（或反有害）的美的制作，这就不能称为艺术。前述的"为艺术的艺术"，大概便是指此。那就不在我今天所讲的范围之内。

我从艺术对人生的用处上着眼,把建筑和音乐分配在两个极端。但进一步看,艺术不是一直线,却是一弧线。有时弧线弯合拢来,接成一个圆线。则两极端又可会合在一点,令人无从辨别,明言之,即直接有用的艺术,有时具有极伟大的间接的效果。反之,间接有用的艺术,有时也具有极伟大的直接的效果。就建筑和音乐两种艺术看,即可明白。

建筑,如前所说,差不多全部是有实用(住居)的,即直接有用的艺术。但是建筑的形式,对于人的精神和感情,有时又有极大的影响,颇像音乐。希腊的殿堂便是最适当的实例。纪元前,希腊全盛时代,雅典的城堡上有一所殿堂,是供养守护国家的女神的,叫做 Parthenon [帕提侬(神庙)]。这殿堂全部用世间最良的大理石和黄金象牙造成,全部不用水泥或钉子,概由正确精致的接合法,天衣无缝,好比天生成的。各部构造,又应用所谓"视觉矫正法",为了眼睛的错观,特把各部加以变化,使它映入网膜时十分正确。——例如阶石,普通总是水平直线。但人的眼睛有错觉。看见阶石上面载着殿堂全部的分量,似觉阶石要弯下去,好比载重的木条一样,很不安定。为欲弥补这缺陷,希腊人把阶石作成向上凸的弧线,使它同错觉抵消,在网膜上映成十分平稳正确的直线。诸如此类——这殿堂真可谓尽善尽美,故美术史上称它为"世界美术的王冠"。讲到这殿堂的用处,这是供人民瞻拜神像之用的,分明是实用艺术,即直接有用的艺术。但是,在实际上,这直接的用处还是小用,其最大的效用,却是这殿堂的形式的全美所给与人心的涵养与陶冶。希腊这时候国势全盛,民生美满,为古今所罕有。其所以有此圆满发达状态者,其他政教当然有力,这殿堂的"亲和力"实在大有功劳。人民每天瞻仰这样完全无缺的美术品,不知不觉之中,精神蒙其涵养,感情受其陶冶,自然养成健全的人格。这种建筑,岂非有音乐一样的效果吗?

再看音乐,如前所说,全然是无实用的。音乐只能给人听赏。听赏以外,全无用处。然而从古以来,用音乐治国,用音乐治理群众的实例很多。中国古代,有两种有名的尽美尽善的音乐,叫做"韶"和"武"。孔子听了,"三月不知肉味"。我们虽然没有福分听到这种好音乐,据孔老先生的批评,可以想见这种音乐感人之力的伟大。据孔子说,周朝文王武王时代国势之盛,韶武与有力焉。下至近代,利用音乐来宣传宗教,或鼓励士气,其例不胜枚举。这固然是艺术的间接的用。但你如果把"用"字范围放宽,则间接的用与直接的用实在一样,不过无形与有形的区别罢了。

这样说来,凡艺术(不良,有害的东西当然不列在内),可说皆是有实用的,皆是为人生的。这里我想起一个比方:我觉得美好比是糖。糖可以独用(即吃纯粹的糖),又可以搀用(即附加在别的食物中)。白糖,曼殊大师所爱吃的粽子糖等,是纯粹的糖。香蕉糖,橘子糖,柠檬糖等便不纯粹,糖味中搀入了他味。糖花生,糖核桃,糖山楂,糖梅子,糖圆子等,则是他味中搀入了一点糖味,他味为主而糖为附了。用美造成艺术，正同用糖造成食物一样。纯粹的美，毫无实用分子，例如高深的"纯音乐"（Pure Music），中国的山水画，西洋的印象派绘画等，纯粹是声音和形色的美，好比白糖，粽子糖，是纯粹的糖，是吃糖专家，像曼殊大师等所爱吃的。又如标题音乐，历史画，宗教画，以及描写人生社会的文字等，声音及形色中附有事物思想，好比糖中附有香蕉橘子等的滋味，比纯糖味道适口些，为一般人所爱吃。又如建筑，工艺美术品，广告画，以及各种宣传艺术等，实用物中附加一些美饰，使人乐于接受，就好比糖花生，糖核桃，糖圆子等，在别物中附加一些甜味，使人容易入口。在这种艺术中，美不过是附加的一种装饰而已。

诸位或者要问：抗战艺术，以及描写民生疾苦，讽刺社会黑暗的艺术，是什么糖呢？我说，这些是奎宁糖。里头的药，滋味太苦，故在外面加一层糖衣，使人容易入口，下咽，于是药力发作，把病菌驱除，使人恢复健康。这种艺术于人生很有效用，正同奎宁片于人体很有效用一样。

故把艺术分为"为艺术的艺术"与"为人生的艺术"，不是妥善的说法。凡及格的艺术，都是为人生的。且在我们这世间，能欣赏纯粹美的艺术的人少，能欣赏含有实用分子的艺术的人多。正好比爱吃白糖的人少，而爱吃香蕉糖，花生糖的人多。所以多数的艺术品，兼有艺术味与人生味。对于这种艺术，我们所要求的，是最好两者调和适可，不要偏重一方。取手头最浅近的例来说：譬如衣服，也是一种工艺。如果太偏重了衣料，不顾身体的尺度，例如原始人的衣服，印度人的衣服，日本人的所谓和服等，那便可称为"为衣服的衣服"，究竟不很合用。反之，如果太偏重了身体的尺度，完全不顾衣料，例如有一种摩登女子的衣服（密切地裹着，身体各部都显出，我初见时疑心她穿的是海水浴用的衣服），那便可称为"为人生的衣服"，究竟不是良好的工艺品。又如椅子，也是工艺之一。如果太偏重了花样，像以前宫廷中的宝座，全是雕刻及装饰，而坐下去全不称身的，可说是"为椅子的椅子"。这种椅子我实在不要坐。反之，如果太偏重了人体，把臀部的模型都刻出在椅子上，两大腿之间还要高起一条（这种椅子，时有所见，不知是谁的创作。我每次看见，必起不快之感，疑心它是一种刑具）。这可说是"为人生的椅子"了！但是我情愿站着，不要坐这把椅子。世间爱用这种椅子的人恐怕极少吧。可知为衣服的衣服，为人生的衣服，都不是好衣服；为椅子的椅子，为人生的椅子，也不是好椅子。

我们不欢迎"为艺术的艺术"，也不欢迎"为人生的艺术"。我们要求"艺术的人生"与"人生的艺术"。

1943年5月16日重庆

《时与潮》副刊第2卷第6期（1943年7月）

琉璃塔

琉璃塔

琉璃塔

美术与人生

形状和色彩有一种奇妙的力,能在默默之中支配大众的心。例如春花的美能使人心兴奋,秋月的美能使人心沉静;人在晴天格外高兴,在阴天就大家懒洋洋地。山乡的居民大都忠厚,水乡的居民大都活泼,也是因为常见山或水,其心暗中受其力的支配,便养成了特殊的性情。

用人工巧妙地配合形状、色彩的,叫做美术。配合在平面上的是绘画,配合在立体上的是雕塑,配合在实用上的是建筑。因为是用人工巧妙地配合的,故其支配人心的力更大。

这叫做美术的亲和力。

例如许多人共看画图,所看的倘是墨绘的山水图,诸人心中共起壮美之感;倘是金碧的花蝶图,诸人心中共起优美之感。故厅堂上挂山水图,满堂的人愈感庄敬;房室中挂花鸟图,一室的人倍觉和乐。优良的电影开映时,满院的客座阒然无声,但闻机器转动的微音。因为数千百观众的心,都被这些映画

（电影）的亲和力所统御了。

雕塑是立体的，故其亲和力更大，伟人的铜像矗立在都市的广场中，其英姿每天印象于往来的万众的心头，默默中施行着普遍的教育。又如入大寺院，仰望金身的大佛像，其人虽非宗教信徒，一时也会肃然起敬，缓步低声。埃及的专制帝王建造七十多米高的人面狮身大石雕，名之曰"斯芬克司"。埃及人民的绝对服从的精神，半是这大石雕的暗示力所养成的。

建筑在美术中形体最大，其亲和力也最大；又因我们的生活大部分在建筑物中度过，故建筑及于人心的影响也最深。

例如端庄雅洁的校舍建筑，能使学生听讲时精神集中，研究时心情安定，暗中对于教育有不少的助力。古来帝王的宫殿，必极富丽堂皇，使臣民瞻望九重城阙，自然心生惶恐。宗教的寺院，必极高大雄壮，使僧众参诣大雄宝殿，自然稽首归心。这便是利用建筑的亲和力以镇服人心的。饮食店的座位与旅馆的房间，布置精美，可以推广营业。商人也会利用建筑的亲和力以支配顾客的心。

建筑与人生的关系最切，故凡建筑隆盛的时代，其国民文化必然繁荣。希腊黄金时代有极精美的神殿建筑，意大利文艺复兴时代有极伟大的寺院建筑，便是其例。

现代欧美的热中于都市建筑，也可说是现代人的文化的表象。

水光山色与人亲

不惑之礼
——自传之一章

廿六年（1937）阴历元旦，我破晓醒来，想道：从今天起，我应该说是四十岁了。摸摸自己的身体看，觉得同昨天没有什么两样；检点自己的心情看，觉得同昨天也没有什么差异。只是"四十"这两个字在我心里作怪，使我不能再睡了。十年前，我的年岁开始冠用"三十"两字时，我觉得好像头上张了一把薄绸的阳伞，全身蒙了一个淡灰色的影子。现在，我的年岁上开始冠用"四十"两字时，我觉得好比这顶薄绸的阳伞换了一柄油布的雨伞，全身蒙了一个深灰色的影子了。然而这柄雨伞比阳伞质地坚强得多，周围广大得多，不但能够抵御外界的暴风雨，即使落下一阵卵子大的冰雹来，也不能中伤我。设或豺狼当道，狐鬼逼人起来，我还可以收下这柄雨伞来，充作禅杖，给它们打个落花流水呢。

阴历元旦的清晨，四周肃静，死气沉沉，只有附近一个学校里的一群小学生。依旧上学,照常早操,而且喇叭吹得比平日更响,步伐声和喇叭一齐清楚地传到我的耳中。于是我起床了。盥洗毕,展开一张宣纸,抽出一支狼毫,一气呵成地写了这样的几句陶诗:

先师遗训,余岂云坠!四十无闻,斯不足畏。
脂我名车,策我名骥。千里虽遥,孰敢不至!

下面题上"廿六年古历元旦卯时缘缘堂主人书",盖上一个"学不厌斋"的印章,装进一个玻璃框中,挂在母亲的遗像的左旁。古人二十岁行弱冠礼,我这一套仿佛是四十岁行的不惑之礼。

不惑之礼毕,我坐楼窗前吸纸烟。思想跟了晨风中的烟缕而飘曳了一会儿,不胜恐惧起来。因为我回想过去的四十年,发生了这样的一种感觉:我觉得,人生好比喝酒,一岁喝一杯,两岁喝两杯,三岁喝三杯……越喝越醉,越喝越痴,越迷,终而至于越糊涂,麻木若死尸。只要看孩子们就可知道:十多岁的大孩子,对于人生社会的种种怪现状,已经见怪不怪,行将安之若素了。只有七八岁的小孩子,有时把眼睛睁得桂圆大,惊疑地质问:"牛为什么肯被人杀来吃?""叫化子为什么肯讨饭?""兵为什么肯打仗?"……大孩子们都笑他发痴,我只见大孩子们自己发痴。他们已经喝了十多杯酒,渐渐地有些醉,已在那里痴迷起来,糊涂起来,麻木起来了,可胜哀哉!

我已经喝了四十杯酒，照理应该麻醉了。幸好酒量较好，还能知道自己醉。然而"人生"这种酒是越喝越浓，越浓越凶的。只管喝下去，我将来一定也有烂醉而不自知其醉的一日，为之奈何！

于是我历数诸师友，私自评较：像某某，数十年如一日，足见其有千钟不醉之量，不胜钦佩；像某某，对醉人时自己也烂醉，遇醒者时自己也立刻清醒，这是圣之时者，我也不胜钦佩；像某某，愈喝愈醉，几同脱胎换骨，全失本来面目，我仿佛死了一个朋友，不胜惋惜；像某某，醉迷已极，假作不醉，这是予所否者，不屑评较了。我又回溯古贤先哲，推想古代的人生社会，知道他们所喝的也是这一种酒，并没有比我们的和善。始知人的醉与不醉，不在乎酒的凶与不凶，而在乎量的大与不大。

我怕醉，而"人生"这种酒强迫我喝。在这"恶醉强酒"的生活之下，我除了增大自己的酒量以外，更没有别的方法可以避免喝酒。怎样增大我的酒量？只有请教"先师遗训"了。

于是我拣出靖节诗集来，通读一遍，折转了三处书角。再拿出宣纸和狼毫来，抄录了这样的三首诗：

　　日暮天无云，春风扇微和。佳人美清夜，达曙酣且歌。歌竟长叹息，持此感人多。皎皎云间月，灼灼叶中花，岂无一时好，不久当如何？

迢迢百尺楼，分明望四荒。暮作归云宅，朝为飞鸟堂。
山河满目中，平原独茫茫。古时功名士，慷慨争此场。
一旦百岁后，相与还北邙。松柏为人伐，高坟互低昂。
颓基无遗主，游魂在何方。荣华诚足贵，亦复可怜伤！

人生归有道，衣食固其端。孰是都不营，而以求自安？
开春理常业，岁功聊可观。晨出肆微勤，日入负耒还。
山中饶霜露，风气亦先寒，田家岂不苦，弗获辞此难。
四体诚乃疲，庶无异患干，盥濯息檐下，斗酒散襟颜。
遥遥沮溺心，千载乃相关。但愿常如此，躬耕非所叹。

　　写好后，从头至尾阅读一遍，用朱笔在警句上加了些圈；好好地保存了。因为这好比一张醒酒的药方。以后"人生"的酒推上来时，只要按方服药，就会清醒。我的酒量就仿佛增大了。

　　这样，廿六年阴历元旦完成了我的不惑之礼。

1937年8月2日于杭寓

家住夕陽江上村,一彎流水遶柴門祂來松樹高拈屋借与者禽養子孫 子愷畫

家住夕阳江上村

艺术三昧

有一次我看到吴昌硕写的一方字。觉得单看各笔划,并不好;单看各个字,各行字,也并不好。然而看这方字的全体,就觉得有一种说不出的好处。单看时觉得不好的地方,全体看时都变好,非此反不美了。

原来艺术品的这幅字,不是笔笔、字字、行行的集合,而是一个融合不可分解的全体。各笔各字各行,对于全体都是有机的,即为全体的一员。字的或大或小,或偏或正,或肥或瘦,或浓或淡,或刚或柔,都是全体构成上的必要,决不是偶然的。即都是为全体而然,不是为个体自己而然的。于是我想象:假如有绝对完善的艺术品的字,必在任何一字或一笔里已经表出全体的倾向。如果把任何一字或一笔改变一个样子,全体也非统统改变不可;又如把任何一字或一笔除去,全体就不成立。换言之,在一笔中已经表出全体,在一笔中可以看出全体,而全体只是一个个体。

所以单看一笔、一字或一行,自然不行。这是伟大的艺术的特点。在绘画也是如此。中国画论中所谓"气韵生动",就是这个意思。西洋印象画派的持论:"以前的西洋画都只是集许多幅小画而成一幅大画,毫无生气。艺术的绘画,非画面浑然融合不可。"在这点上想来,印象派的创生确是西洋绘画的进步。

这是一个不可思议的艺术的三昧境。在一点里可以窥见全体,而在全体中只见一个个体。所谓"一有多种,二无两般"(《碧岩录》),就是这个意思吧!这道理看似矛盾又玄妙,其实是艺术的一般的特色,美学上的所谓"多样的统一",很可明了地解释。其意义:譬如有三只苹果,水果摊上的人把它们规则地并列起来,就是"统一"。只有统一是板滞的,是死的。小孩子把它们触乱,东西滚开,就是"多样"。只有多样是散漫的,是乱的。最后来了一个画家,要照着它们写生,给它们安排成一个可以入画的美的位置——两个靠拢在后方一边,余一个稍离开在前方——望去恰好的时候,就是所谓"多样的统一",是美的。要统一,又要多样;要规则,又要不规则;要不规则的规则,规则的不规则;要一中有多;多中有一。这是艺术的三昧境!

宇宙是一大艺术。人何以只知鉴赏书画的小艺术,而不知鉴赏宇宙的大艺术呢?人何以不拿看书画的眼来看宇宙呢?如果拿看书画的眼来看宇宙,必可发现更大的三昧境。宇宙是一个浑然融合的全体,万象都是这全体的多样而统一的诸相。在万象的一点中，必可窥见宇宙的全体；而森罗的万象，只是一个个体。勃雷克的"一粒沙里见世界"，孟子的"万物皆备于我"，就是当作一大艺术而看宇宙的吧！艺术的字画中，没有可以独立存在的一笔。即宇宙间没有可以独立存在的事物。倘不为全体，各个体尽是虚幻而无意义了。那末这个"我"怎样呢？自然不是独立存在的小我，应该融入于宇宙全体的大我中，以造成这一大艺术。

《小说月报》第 18 卷第 8 号（1927 年 8 月 10 日）

逃避与追求

图画与人生

我今天所要讲的,是"图画与人生"。就是图画对人有什么用处?就是做人为什么要描图画,就是图画同人生有什么关系?

这问题其实很容易解说:图画是给人看看的。人为了要看看,所以描图画。图画同人生的关系,就只是"看看"。"看看",好像是很不重要的一件事,其实同衣食住行四大事一样重要。这不是我在这里说大话,你只要问你自己的眼睛,便知道。眼睛这件东西,实在很奇怪:看来好像不要吃饭,不要穿衣,不要住房子,不要乘火车,其实对于衣食住行四大事,他都有份,都要干涉。人皆以为嘴巴要吃,身体要穿,人生为衣食而奔走,其实眼睛也要吃,也要穿,还有种种要求,比嘴巴和身体更难服侍呢。

所以要讲图画同人生的关系,先要知道眼睛的脾气。我们可拿眼睛来同嘴巴比较:眼睛和嘴巴,有相同的地方,有相异的地方,又有相关联的地方。

相同的地方在哪里呢?我们用嘴巴吃食物,可以营养肉体;我们用眼睛看美景,可以营养精神。——营养这一点是相同的。譬如看见一片美丽的风景,心里觉得愉快;看见一张美丽的图画,心里觉得欢喜。这都是营养精神的。所以我们可以说:嘴巴是肉体的嘴巴,眼睛是精神的嘴巴——二者同是吸收养料的器官。

相异的地方在哪里呢?嘴巴的辨别滋味,不必练习。无论哪一个人,只要是生嘴巴的,都能知道滋味的好坏,不必请先生教。所以学校里没有"吃东西"这一项科目。反之,眼睛的辨别美丑,即眼睛的美术鉴赏力,必须经过练习,方才能够进步。所以学校里要特设"图画"这一项科目,用以训练学生的眼睛。眼睛和嘴巴的相异,就在要练习和不要练习这一点上。

譬如现在有一桌好菜,都是山珍海味,请一位大艺术家和一位小学生同吃。他们一样地晓得好吃。反之,倘看一幅名画,请大艺术家看,他能完全懂得它的好处。请小学生看,就不能完全懂得,或者莫名其妙。可见嘴巴不要练习,而眼睛必须练习。所以嘴巴的味觉,称为"下等感觉"。眼睛的视觉,称为"高等感觉"。

相关联的地方在哪里呢?原来我们吃东西,不仅用嘴巴,同时又兼用眼睛。所以烧一碗菜,油盐酱醋要配得好吃,同时这碗菜的样子也要装得好看。倘使乱七八糟地装一下,即使滋味没有变,但是我们看了心中不快,吃起来滋味也就差一点。

反转来说，食物的滋味并不很好，倘使装璜得好看，我们见了，心中先起快感，吃起来滋味也就好一点。

学校里的厨房司务很懂得这个道理。他们做饭菜要偷工减料，常把形式装得很好看。风吹得动的几片肉，盖在白菜面上，排成图案形。两三个铜板一斤的萝卜，切成几何形体，装在高脚碗里，看去好像一盘金钢石。学生走到饭厅，先用眼睛来吃，觉得很好。随后用嘴巴来吃，也就觉得还好。倘使厨房司务不懂得装菜的办法，各地的学校恐怕天天要闹一次饭厅呢。

外国人尤其精通这个方法。洋式的糖果，作种种形式，又用五色纸、金银纸来包裹。拿这种糖请盲子吃，味道一定很平常。但请亮子吃，味道就好得多。因为眼睛帮嘴巴在那里吃，故形式好看的，滋味也就觉得好些。

眼睛不但和嘴巴相关联，又和其他一切感觉相关联。譬如衣服。原来是为了身体温暖而穿的，但同时又求其质料和形式的美观。譬如房子，原来是为了遮蔽风雨而造的，但同时又求其建筑和布置的美观。可知人生不但用眼睛吃东西，又用眼睛穿衣服用眼睛住房子。古人说："人之所以异于禽兽者，几希。"我想，这"几希"恐怕就在眼睛里头。

人因为有这样的一双眼睛，所以人的一切生活，实用之外又必讲求趣味。一切东西，好用之外又求其好看。一匣自来火，一只螺旋钉，也在好用之外力求其好看。这是人类的特性。

人类在很早的时代就具有这个特性。在上古，穴居野处，茹毛饮血的时代，人们早已懂得装饰。他们在山洞的壁上描写野兽的模样，在打猎用的石刀的柄上雕刻图案的花纹，又在自己的身体上施以种种装饰，表示他们要好看；这种心理和行为发达起来，进步起来，就成为"美术"。故美术是为了眼睛的要求而产生的一种文化。

故人生的衣食住行，从表面看来好像和眼睛都没有关系，其实件件都同眼睛有关。越是文明进步的人，眼睛的要求越是大。人人都说"面包问题"是人生的大事。其实人生不单要吃，又要看；不单为嘴巴，又为眼睛；不单靠面包，又靠美术。面包是肉体的食粮，美术是精神的食粮。没有了面包，人的肉体要死。没有了美术，人的精神也要死——人就同禽兽一样。

……

图画为什么和下棋、叉麻雀不同呢？就是为了图画有一种精神——图画的精神，可以陶冶我们的心。这就是拿描图画一样的真又美的精神来应用在人的生活上。怎样应用呢？我们可拿数学来作比方：数学的四则问题中，有龟鹤问题：龟鹤同住在一个笼里，一共几个头，几只脚，求龟鹤各几只？又有年龄问题：几年前父年为子年的几倍，几年后父年为子年的几倍？这种问题中所讲的事实，在人生中难得逢到。有谁高兴真个把乌龟同鹤关在一只笼子里，教人猜呢？又有谁真个要算父年为子年的几倍呢？这原不过是要借这种奇奇怪怪的问题来训练人的头脑，使头脑精密起来。然后拿这精密的头脑来应用在人的一切生活上。我们又可拿体育来比方，体育中有跳高、跳远、掷铁球、掷铁饼等武艺。这在我们的日常生活中也很少用处。

有谁常要跳高、跳远,有谁常要掷铁球、铁饼呢?这原不过是要借这种武艺来训练人的体格,使体格强健起来。然后拿这强健的体格去做人生一切的事业。图画就同数学和体育一样。人生不一定要画苹果、香蕉、花瓶、茶壶。原不过要借这种研究来训练人的眼睛,使眼睛正确而又敏感,真而又美。然后拿这真和美来应用在人的物质生活上,使衣食住行都美化起来;应用在人的精神生活上,使人生的趣味丰富起来。这就是所谓"艺术的陶冶"。

图画原不过是"看看"的。但因为眼睛是精神的嘴巴,美术是精神的粮食,图画是美术的本位,故"看看"这件事在人生竟有了这般重大的意义。

《中学生》第 68 号(1936 年 10 月 1 日)

落红不是无情物,化作春泥更护花

落红不是无情物

艺术教育的本质

"艺术的"三字,被人误用为"漂亮的","华丽的","摩登的"意义。因此,"艺术教育"一名词也尝被人误解,以为就是画画,唱歌等的教育。其实完全不然,"艺术的"不一定漂亮,华丽,或摩登。"艺术教育"也不单是教画与教唱。不漂亮,不华丽,不摩登的,很可以是"艺术的"。不会描画,不会唱歌的,也很可以是饱受艺术教育的人,知道了艺术教育的本意,便相信此言之不谬。

真、善、美,是人性的三要件。三位一体,缺一不可。凡健全之人格,必具足此三要件。教育的最大目的,便是这三要件的平均具足的发展。因为真是知识的教育,善是意志的教育,美是感情的教育。知识、意志、感情,三方面的教育平均具足,方能造成健全之人格。

但教育的重心,可以专注在三者中的某一方面。专注在意志方面的,为道德教育,专注在知识方面的,为科学教育,专注在感情方面的，为艺术教育，以前引用过"礼体为教，其用主和"的话。现在再用此法说明，即：道德教育之体为真美，其用主善，科学教育之体为善美，其用主真。艺术教育之体为真善，其用主美。

故道德教育是善的教育，科学教育是真的教育，艺术教育是美的教育。但这不过是就外形而言，不是绝对的。真善美好比一个鼎的三个脚。我们安置这个鼎的时候，哪一只脚放在外面，可以随便。但是后面的其他两只脚，一只也缺少不得。缺少一只，鼎就摆不稳，譬如：道德教育倘绝对注重意志方面，其病为"任意"，任意的结果是"顽固"。科学教育倘绝对注重知识方面，其病为"任知"，任知的结果是"冷酷"。艺术教育倘绝对注重感情的方面，其病为"任情"，任情的结果是"放浪"，都是不健全的教育。欧化东潮之初，我国人盲法西洋，什么都变本加厉，"城中好高髻，四方高一尺"的状态，时有所见。研究科学回国的人，把人看得同机械一样。研究艺术回国的人，看见中国里只有他一个人。美其名曰"浪漫"。所谓"象牙塔里的艺术"，就是这班人造出来的。

故艺术教育虽可说是"美的教育"，但不可遗弃背后的真善二条件。否则就变成"唯美的"，"殉美的"，"浪漫的"，"放浪的"，不是健全的艺术教育了，这道理可以用画来说明：譬如描一幅肖像画，必须顾到三个条件，第一，你要描写的人必须是可敬爱的人。第二，你必须描得肖似逼真。第三，布置设色用笔必须美观。第一条就是善，第二条就是真，第三条就是美。缺了一条，就不是良好的肖像画。其结果诸君可推想之。

所以描一幅画，看似小事，其实关系于根本的精神修养，我们不能单从图画上面着手艺术教育，必须根本地从"感情"的教育着手。故艺术教育，又可说是"情的教育"。情的教育的要旨，一方面在培植感情，使他发展，他方面又要约束感情，使他不越轨道。——这就是"节制"。

《爱的教育》，是意大利人亚米契斯的一册名著。中国有夏丏尊先生的译本。然而这册书中所讲的爱，不免稍偏重于情，所以有"软性教育"之评，后来亚米契斯的朋友为了矫正他这一点，另著一册《续爱的教育》。这书纠正前书中偏重感情的缺点，主张硬性教育。

这两册书，在教育者是值得一读的。翻开《爱的教育》第一页来，即可看到过于重情而近于感伤的事例，秋季开学的时候，一位女先生换了一班主任。看见原来主任班里的学生，因为惜别，感伤得说不出话来，甚至几乎下泪。又如"少年笔耕"中的叙利亚，夜里偷偷地起来代父亲佣书，弄得身体衰弱，学业荒废，也是偏重感情而走入姑息与小爱的一例。这使我联想起中国古代的二十四孝来。王祥卧冰得鲤，吴猛恣蚊饱血，郭巨为母埋儿，都孝得不成样子，其过当比曾子耘瓜更甚。

美的教育，情的教育，爱的教育，皆以涵养感情为要义。故艺术教育必须选择几种最适于涵养感情的东西来当作手段，最适于涵养感情的，是美色和美声。

换言之，就是图画科和音乐科。这些声色之中，真善美俱足，情理得中，多样统一，最能给人一种暗示，不知不觉之间，把我的感情潜移默化，使趋于健全。

所以健全的艺术教育不仅注重描画唱歌的技巧，而必须注重其在生活上的活用，譬如儿童无故在白色的粉墙上乱涂，在美丽的雪地里小便，这等都是图画音乐的教育不健全之故。不然，儿童应有爱美心，不忍无端破坏世间一切美景。有的儿童，无故毁坏自然，无故残杀生命，以破坏为乐，最好"不艺术的"。譬如无端破坏一个蛛网，推广此心，便可滥用权势来任意破坏别人的事业。无端踏杀一群蚂蚁，推广此心，便可用飞机载了炸弹到市区狂炸。所谓毫厘千里之差，即在于此，人在世间行事，理智常受感情的控制。故表面看来照理行事，暗中是因情制宜。"以力服人者，貌恭而不心服"，便是情在那里作怪。

故情的教育，在无形中，比其他教育有力得多，艺术教育的重要性即在于此。

春水满四泽

惜春

不多天之前我在这里赞颂垂条的杨柳。现在柳条早已婆娑委地,杨花也已开始飘荡,春光将尽,我又来这里谈惜春的话了。

"惜春"这个题目何等风雅!古人的诗词里以此为题的不可胜计;今人也还在那里为此赋诗填词。绿肥红瘦,柳昏花冥,杜鹃啼血,流水飘红,再加上羁人,泪眼,伤心,断肠,离愁,酒病……惜春这件事主客观两方面应有的雅词,已经被前人反复说尽,我已无可再说了。现在为什么取这个题目来作文呢?也不过应应时,在五月号的杂志里写一个及时的题目,表面上好看些。这好比编小学教科书,秋季始业的,前几课讲月亮,蟋蟀,桂花,果实,农人割稻,以及双十节。后几课讲棉衣,火炉,做糕,落雪,以及贺年。春季始业的,前几课讲菜花,桃花,蝌蚪,种牛痘,以及总理忌辰,后几课讲杀苍蝇,灭蚊虫,吃瓜,乘凉,以及热天的卫生。似乎那些小学生个个是一年生的动物,在秋天不知有春在春天不知有秋,所以非目前的情状不可的。我的读者不是小学生,其实不一定要讲目前的情状。但是随笔总得随我的笔,我的笔总得随我的近感。我握笔为这杂志写这篇随笔的时候,但念不多天之前刚刚写了一篇赞颂杨柳的文章,现在柳条早已婆娑委地,杨花也已开始飘荡,觉得时光的过去真快的可惊!这期间一个月的时光,我不知干了些什么?这一点近感便是我得这篇随笔的本意。题目不妨写作"惜时光"。但现在的时光是春天,也不妨写作"惜春"。

去年的春天,我曾在杂志里谈过春天的冷暖不匀,晴雨不定,以及种种不舒服。故春去我不觉得足惜。所可惜者,只是春光的一去不返,不曾挽留。我们好比乘火车,自己似觉得静静地坐着,不曾走动一步,车子却载了你在那里飞奔。不知不觉之间,时时刻刻在那里减短你的前程。我曾经立意要不花钱,一天到晚坐在屋里,果然一钱也不花。我曾经立意要不费力,一天到晚躺在床里,果然一些力也不费。我曾经立意不费电,晚上不开灯,果然一度电也不费。我曾经立意要不费时间,躲在床角里不动。然而壁上的时辰钟"的格的格"地告诉我,时间管自在那里耗费。于是我想,做了人真像"骑虎之势",无法退缩或停留,只有努力地惜时光,积极地向前奋斗,直到时间的大限的来到。

生活上的苦闷和不幸,有时能使人对于时光觉得不可惜而可嫌,盼望它快些过去的。然而这是例外。人总是希望快乐。快乐的时间总希望其不要过得太快。回忆自己的学生时代,最快乐的时间是假期。星期六,星期日和纪念日小快乐,春假,年假和暑假大快乐。这也是世间一件矛盾的怪事：平常出了钱总希望多的几分货；只有读书，出了学费总希望少上几天课。试看假期前晚的学生们的狂喜，似觉他们所希望的最好是只缴学费而永不上课。于此足见读书这件事不是平常的买卖。

我幼时在暑假的前儿天感觉非常欢喜，好像有期徒刑的囚犯将被开释似的。有怀抱着莫大的希望。忙里偷闲的打算假期的生活，整理假期所要看的书籍。我想象五六十天的假期，似觉时光非常悠长，有无数的事件好干，无数的书好读，有无数的时光可以和弟弟共戏，还有无数的闲余可和邻家的小朋友玩耍。本学期欠熟达的功课，满望在这悠长的假期中习得完全精通。平日所希望修习而无暇阅读的书籍，在假期前都特地买好，满望在这悠长的假期中完全读毕。还有在教科书里看到的种种科学玩意儿，在校因没有时间和工具而未曾试作的，也都挑选出来，抄写在笔记本上，满望在这悠长的假期中完全作成，和弟弟们畅快的玩耍。五六十天的假期，在我望去好像一只宽紧带结成的袋子，不拘多少东西，尽管装得进去。

放假的第一天，我背了这只宽紧带结成的无形大袋子而欣然地回家。回到半年不见的家里，觉得样样新鲜，暂把这无形的大袋搁一搁再说。初到的几天因为路途风霜，当然完全休息。后来多时不见的姑母来作客了，母亲热情地招待她，假期的我当然奉陪，闲谈几天。后来姑母邀请我去作客，母亲说我年年出门求学，难得放假回家，至亲至眷应该访问访问，我一去就是四五天乃至六七天。回家又应该休息几天。后来天气太热，

163

中了暑发些轻痧,竹榻上一困又是几天,病起又休息几天。本镇有戏文,当然去看几天。戏文上巧遇几位小学时的同学,多时不见,留着款待几天。送往了同学,迎来了多年不见的二姐,姐丈和外甥们,于是杀鸡置酒,大家欢聚半个月乃至二十天。二姐回家时带了我去,我这回作客又是四五天,回家又是休息几天。屈指一算,离开学只有十几天了。横竖如此,这十来天索性闲玩去吧。到了开学前一天,我整理行装,看见于假期前所记录的一纸假期工作表,所准备的一束假期应读的书,新选定的假期中拟制之玩具的说明书,都照携回时的原样放置在网篮里。蹉跎的懊恼和乐尽的悲哀交混在我的心头,使我感到一种不可名状的不快,次日,带了这种不快而辞家到校,重新开始囚犯似的学校生活。

　　我自己青年时代没有好好的受教育,年长后常感知识不全之苦。几何三角的问题我不会解,物理化学公式我看不懂,专门科学的书我都读不下去。屡次需要修补,至今不能实践。人生倘有来世,我的来世倘能投人,投了人倘能记忆这篇文章,我定要好好的度送我的青年时代,无法挽回,只有借了惜春这个题目,在这里痛惜一下算了。假如这些话能给读者一些警力,那便似以前在假期中看完了几部小说,好像得了一笔意外的收入,格外愉快。

1935 年 4 月 8 日为中学生作

四、车厢社会

长堤树老阅人多

车厢社会

我第一次乘火车,是在十六七岁时,即距今二十余年前。虽然火车在其前早已通行,但吾乡离车站有三十里之遥,平时我但闻其名,却没有机会去看火车或乘火车。十六七岁时,我毕业于本乡小学,到杭州去投考中等学校,方才第一次看到又乘到火车。以前听人说:"火车厉害得很,走在铁路上的人,一不小心,身体就被碾做两段。"又听人说:"火车快得邪气,坐在车中,望见窗外的电线木如同栅栏一样。"我听了这些话而想象火车,以为这大概是炮弹流星似的凶猛唐突的东西,觉得可怕。但后来看到了,乘到了,原来不过尔尔。天下事往往如此。

自从这一回乘了火车之后,二十余年中,我对火车不断地发生关系。至少每年乘三四次,有时每月乘三四次,至多每日乘三四次。(不过这是从江湾到上海的小火车。)一直到现在,乘火车的次数已经不可胜计了。每乘一次火车,总有种种感想。倘得每次下车后就把乘车时的感想记录出来,记到现在恐怕不止数百万言，可以出一大部乘火车全集了。然而我哪有工夫和能力来记录这种感想呢？只是回想过去乘火车时的心境，觉得可分三个时期。现在记录出来，半为自娱，半为世间有乘火车的经验的读者谈谈，不知他们在火车中是否作如是想的？

第一个时期，是初乘火车的时期。那时候乘火车这件事在我觉得非常新奇而有趣。自己的身体被装在一个大木箱中，而用机械拖了这大木箱狂奔，这种经验是我向来所没有的，怎不教我感到新奇而有趣呢？那时我买了车票，热烈地盼望车子快到。上了车，总要拣个靠窗的好位置坐。因此可以眺望窗外旋转不息的远景，瞬息万变的近景，和大大小小的车站。一年四季住在看惯了的屋中，一旦看到这广大而变化无穷的世间，觉得兴味无穷。我巴不得乘火车的时间延长，常常嫌它到得太快，下车时觉得可惜。我欢喜乘长途火车，可以长久享乐。最好是乘慢车，在车中的时间最长，而且各站都停，可以让我尽情观赏。我看见同车的旅客个个同我一样地愉快，仿佛个个是无目的地在那里享受乘火车的新生活的。我看见各车站都美丽，仿佛个个是桃源仙境的入口。其中汗流满背地扛行李的人，喘息狂奔的赶火车的人，急急忙忙地背着箱笼下车的人，拿着红绿旗子指挥开车的人，在我看来仿佛都干着有兴味的游戏，或者在那里演剧。世间真是一大欢乐场，乘火车真是一件愉快不过的乐事！可惜这时期很短促，不久乐事就变为苦事。

第二个时期，是老乘火车的时期。一切都看厌了，乘火车在我就变成了一桩讨嫌的事。以前买了车票热烈地盼望车子快到。现在也盼望车子快到,但不是热烈地而是焦灼地。意思是要它快些来载我赴目的地。以前上车总要拣个靠窗的好位置,现在不拘,但求有得坐。以前在车中不绝地观赏窗内窗外的人物景色,现在都不要看了,一上车就拿出一册书来,不顾环境的动静,只管埋头在书中,直到目的地的达到。为的是老乘火车,一切都已见惯,觉得这些千篇一律的状态没有甚么看头。不如利用这冗长无聊的时间来用些功。但并非欢喜用功,而是无可奈何似的用功。每当看书疲倦起来,就埋怨火车行得太慢,看了许多书才走得两站!这时候似觉一切乘车的人都同我一样,大家焦灼地坐在车厢中等候到达。看到凭在车窗上指点谈笑的小孩子,我鄙视他们,觉得这班初出茅庐的人少见多怪,其浅薄可笑。有时窗外有飞机驶过,同车的人大家立起来观望,我也不屑从众,回头一看立刻埋头在书中。总之,那时我在形式上乘火车,而在精神上仿佛遗世独立,依旧笼闭在自己的书斋中。那时候我觉得世间一切枯燥无味,无可享乐,只有沉闷、疲倦、和苦痛,正同乘火车一样。这时期相当地延长,直到我深入中年时候而截止。

第三个时期,可说是惯乘火车的时期。乘得太多了,讨嫌不得许多,还是逆来顺受罢。心境一变,以前看厌了的东西也会重新有起意义来,仿佛"温故而知新"似的。最初乘火车是乐事,后来变成苦事,最后又变成乐事,仿佛"返老还童"似的。最初乘火车欢喜看景物,后来埋头看书,最后又不看书而欢喜看景物了。不过这会的欢喜与最初的欢喜性状不同:前者所见都是可喜的，后者所见却大多数是可惊的，可笑的，可悲的。不过在可惊可笑可悲的发现上，感到一种比埋头看书更多的兴味而已。故前者的欢喜是真的"欢喜"，若译英语可用 happy 或 merry。后者却只是 like 或 fond of，不是真心的欢乐。实际，这原是比较而来的；因为看书实在没有许多好书可以使我集中兴味而忘却乘火车的沉闷。而这车厢社会里的种种人间相倒是一部活的好书，会时时向我展出新颖的 page 来。惯乘火车的人，大概对我这话多少有些儿同感的吧！

不说车厢社会里的琐碎的事，但看各人的坐位，已够使人惊叹了。同是买一张票的，有的人老实不客气地躺着，一人占有了五六个人的位置。看见找寻坐位的人来了，把头向着里，故作鼾声，或者装作病了，或者举手指点那边，对他们说"前面很空，前面很空"。和平谦虚的乡下人大概会听信他的话，让他安睡，背着行李向他所指点的前面去另找"很空"的位置。有的人教行李分占了自己左右的两个位置，当作自己的卫队。若是方皮箱，又可当作自己的茶几。看见找坐位的人来了，拼命埋头看报。对方倘不客气地向他提出："对不起，先生，请把你的箱子放在上面了，大家坐坐！"他会指着远处打官话拒绝他："那边也好坐，你为甚么一定要坐在这里？"说过管自看报了。和平谦让的乡下人大概不再请求，让他坐在行李的护卫中看报，抱着孩子向他指点的那边去另找"好坐"的地方了。有的人没有行李，把身子扭转来，教一个屁股和一支大腿占据了两个人的坐位，而悠闲地凭在窗中吸烟。他把大乌龟壳似的一个背部向着他的右邻,而用一支横置的左大腿来拒远他的左邻。这大腿上面的空间完全归他所有,可在其中从容地抽烟、看报。逢到找寻坐位的人来了,把报纸堆在大腿上,把头攒出窗外,只作不闻不见。还有一种人,不取大腿的策略,而用一册书和一个帽子放在自己身旁的坐位上。找坐位的人倘来请他拿开,就回答他说"这里有人"。和平谦虚的乡下人大概会听信他,留这空位给他那"人"坐,扶着老人向别处去另找坐位了。找不到坐位时,他们就把行李放在门口,自己坐在行李上,或者抱了小孩,扶了老人站在WC的门口。查票的来了,不干涉躺着的人,以及用大腿或帽子占坐位的人,却埋怨坐在行李上的人和抱了小孩扶了老人站在WC门口的人阻碍了走路,把他们骂脱几声。

我看到这种车厢社会里的状态,觉得可惊,又觉得可笑、可悲。可惊者,大家出同样的钱,购同样的票,明明是一律平等的乘客,为甚么会演出这般不平等的状态?可笑者,那些强占坐位的人,不惜装腔、撒谎,以图一己的苟安,而后来终得舍去他的好位置。可悲者,在这乘火车的期间中,苦了那些和平谦虚的乘客,他们始终只得坐在门口的行李上,或者抱了小孩,扶了老人站在WC的门口,还要被查票者骂脱几声。

在车厢社会里,但看坐位这一点,已足使我惊叹了。何况其他种种的花样。总之,凡人间社会里所有的现状,在车厢社会中都有其缩图。故我们乘火车不必看书,但把车厢看作人间世的模型,足够消遣了。

回想自己乘火车的三时期的心境，也觉得可惊，可笑，又可悲。可惊者，从初乘火车经过老乘火车，而至于惯乘火车，时序的递变太快！可笑者，乘火车原来也是一件平常的事。幼时认为"电线同木栅栏一样"，车站同桃源一样固然可笑，后来那样地厌恶它而埋头于书中，也一样地可笑。可悲者，我对于乘火车不复感到昔日的欢喜，而以观察车厢社会里的怪状为消遣，实在不是我所愿为之事。

　　于是我憧憬于过去在外国时所乘的火车。记得那车厢中很有秩序，全无现今所见的怪状。那时我们在车厢中不解众苦，只觉旅行之乐。但这原是过去已久的事，在现今的世间恐怕不会再见这种车厢社会了。前天同一位朋友从火车上下来，出车站后他对我说了几句新诗似的东西，我记忆着。现在抄在这里当做结尾：

　　人生好比乘车：
　　有的早上早下，
　　有的迟上迟下，
　　有的早上迟下，
　　有的迟上早下。
　　上了车纷争坐位，
　　下了车各自回家。
　　在车厢中留心保管你的车票，
　　下车时把车票原物还他。

1935 年 3 月 26 日

东风浩荡春光好

实行的悲哀

寒假中,诸儿齐集缘缘堂,任情游戏,笑语喧阗。堂前好像每日做喜庆事。有一儿玩得疲倦,欹藤床少息,随手翻检床边柱上日历,愀然改容叫道:"寒假只有一星期了!假期作业还未动手呢!"游戏的热度忽然为之降低。另一儿接着说:"我看还是未放假时快乐,一放假就觉得不过如此,现在反觉得比未放时不快了。"这话引起了许多人的同情。

我虽不是学生,并不参预他们的假期游戏,但也是这话的同情者之一人。我觉得在人的心理上,预想往往比实行快乐。西人有"胜利的悲哀"之说。我想模仿他们,说"实行的悲哀",由预想进于实行,由希望变为成功,原是人生事业展进的正道。但在人心的深处,奇妙地存在着这种悲哀。

现在就从学生生活着想,先举星期日为例。凡做过学生的人,谁都能首肯,星期六比星期日更快乐。星期六的快乐的原因,原是为了有星期日在后头;但是星期日的快乐的滋味,却不在其本身,而集中于星期六。星期六午膳后,课业未了,全校已充满着一种弛缓的空气。有的人预先作归家的准备；有的人趁早作出游的计划！更有性急的人，已把包裹洋伞整理在一起，预备退课后一拿就走了。最后一课毕，退出教室的时候，欢乐的空气更加浓重了。有的唱着歌出来，有的笑谈着出来，年幼的跳舞着出来。先生们为环境所感，在这些时候大都暂把校规放宽，对于这等骚乱佯作不见不闻。其实他们也是真心地爱好这种弛缓的空气的。星期六晚上，学校中的空气达到了弛缓的极度。这晚上不必自修，也不被严格地监督。学生可以三三五五，各行其游息之乐。出校夜游一会也不妨，买些茶点回到寝室里吃也不妨，迟一点儿睡觉也不妨。这一黄昏，可说是星期日的快乐的最中了。过了这最中，弛缓的空气便开始紧张起来。因为到了星期日早晨，昨天所盼望的佳期已实际地达到，人心中已开始生出那种"实行的悲哀"来了。这一天，或者天气不好，或者人事不巧，昨日所预定的游约没有畅快地遂行，于是感到一番失望。即使天气好，人事巧，到了兴尽归校的时候，也不免尝到一种接近于"乐尽哀来"的滋味。明日的课业渐渐地挂上了心头，先生的脸孔隐约地出现在脑际，一朵无形的黑云，压迫在各人的头上了。而在游乐之后重新开始修业，犹似重新挑起曾经放下的担子来走路，起初觉得分量格外重些。于是不免懊恨起来，觉得还是没有这星期日好，原来星期日之乐是决不在星期日的。

其次，毕业也是"实行的悲哀"之一例。学生入学，当然是希望毕业的。照事理而论，毕业应是学生最快乐的时候。但人的心情却不然：毕业的快乐，常在于未毕业之时；一毕业，快乐便消失，有时反而来了悲哀。只有将毕业而未毕业的时候，学生才能真正地，浓烈地尝到毕业的快乐的滋味。修业期只有几个月了，在校中是最高级的学生了，在先生眼中是出山的了，在同学面前是老前辈了。这真是学生生活中最光荣的时期。加之毕业后的新世界的希望，"云路""鹏程"等词所暗示的幸福，隐约地出现在脑际，无限地展开在预想中。这时候的学生，个个是前程远大的新青年，个个是有作有为的好国民。不但在学生生活中，恐怕在人生中，这也是最光荣的时期了。然而果真毕了业怎样呢？告辞良师，握别益友，离去母校，先受了一番感伤且不去说它。出校之后，有的升学未遂，有的就职无着。即使升了学，就了职，这些新世界中自有种种困难与苦痛，往往与未毕业时所预想者全然不符。在这时候，他们常常要羡慕过去，回想在校时何等自由，何等幸福，巴不得永远做未毕业的学生了。原来毕业之乐是决不在毕业上的。

进一步看，爱的欢乐也是如此。男子欲娶未娶，女子欲嫁未嫁的时候，其所感受的欢喜最为纯粹而十全。到了实行娶嫁之后，前此之乐往往消减，有时反而来了不幸。西人言"结婚是恋爱的坟墓"，恐怕就是这"实行的悲哀"所使然的罢？富贵之乐也是如此。欲富而刻苦积金，欲贵而努力钻营的时候，是其人生活兴味最浓的时期。到了既富既贵之后，若其人的人性未曾完全丧尽，有时会感懊丧，觉得富贵不如贫贱乐了。《红楼梦》里的贾政拜相，元春为贵妃，也算是极人间荣华富贵之乐了。但我读了大观园省亲时元妃隔帘对贾政说的一番话，觉得人生悲哀之深，无过于此了。

人事万端,无从一一细说。忽忆从前游西湖时的一件小事,可以旁证一切。前年早秋,有一个风清日丽的下午,我与两位友人从湖滨泛舟,向白堤方面荡漾而进。俯仰顾盼,水天如镜,风景如画,为之心旷神怡。行近白堤,远远望见平湖秋月突出湖中,几与湖水相平。旁边围着玲珑的栏杆,上面覆着参差的杨柳。杨柳在日光中映成金色,清风摇摆它们的垂条,时时拂着树下游人的头。游人三三两两,分列在树下的茶桌旁,有相对言笑者,有凭栏共眺者,有翘首遐观者,意甚自得。我们从船中望去,觉得这些人尽是画中人,这地方正是仙源。我们原定绕湖兜一圈子的,但看见了这般光景,大家眼热起来,痴心欲身入这仙源中去做画中人了。就命舟人靠平湖秋月停泊,登岸选择坐位。以前翘首遐观的那个人就跟过来,垂手侍立在侧,叩问"先生,红的?绿的?"我们命他泡三杯绿茶。其人受命而去。不久茶来,一只苍蝇浮死在茶杯中,先给我们一个不快。邻座相对言笑的人大谈麻雀经,又给我们一种罗唣。凭栏共眺的一男一女鬼鬼祟祟,又使我们感到肉麻。最后金色的垂柳上落下几个毛虫来,就把我们赶走。匆匆下船回湖滨,连绕湖兜圈子的兴趣也消失了。在归舟中相与谈论,大家认为风景只宜远看,不宜身入其中。现在回想,世事都同风景一样。世事之乐不在于实行而在于希望,犹似风景之美不在其中而在其外。身入其中,不但美即消失,还要生受苍蝇、毛虫、罗唣,与肉麻的不快。世间苦的根本就在于此。

　　　　　　　　1936年阴历元旦写于石门湾,曾载《宇宙风》

主人醉倒不相劝

宴会之苦

复员返杭后数月,杭州报纸上给我起了一个诨名,叫做"三不先生"。那记者说,我在战前是"三湾先生",因为住过石门湾、江湾、杨柳湾;胜利后变了"三不先生",因为不教书,不演讲,不宴会。

三不先生这诨名,字面上倒也很雅致,好比欧阳修的六一居士之类。但实际上很苦,决不如欧阳修的"书一万卷,金石一千卷,琴一张、棋一局、酒一壶、人一个"的风雅。我的不教书、不讲演,实在是为了流亡十年之后,身体不好,学殖荒芜,不得已而如此。或有人以为我已发国难财或胜利财,看不起薪水,所以不屑教书,那更不然。我有子女七人,四人已经独立,我的担负较轻;而版税画润所入,暂时足以维持简朴的生活,不必再用薪水,所以暂不教书,这是真的。至于不宴会,我实在是生怕宴会之苦。希望我今生永不参加宴会。

宴会,不知是谁发明的,最不合理的一种恶剧!突然要集许多各不相稔的人,在指定的地方,于指定的时间,大家一同喝酒,吃饭,而且抗礼或谈判。这比上课讲演更吃力,比出庭对簿更凶!我过去参加过多次,痛定思痛,苦况历历在目。

　　接到了请帖,先要记到时日与地点,写在日历上,或把请帖揭在座右,以防忘记。到了那一天早晨,我心上就有一件事,好比是有一小时教课,而且是最不欢喜教的课。好比是欠了人钱,而且是最大的一笔债。若是午宴,这上午就忐忑不安;若是夜宴,这整日就瘟头瘟脑,不能安心做事了。到了时刻,我往往准时到场。并非励行新生活,却是俗语所说,"横竖要死,早点爬进棺材里。"可是这一准时,就把苦延长了。我最初只见主人,贵客们都没有到。主人要我坐着,遥遥无期地等候。吃了许多茶、许多烟,吃得舌敝唇焦、饥肠辘辘,贵客们方始陆续降临。每来一次,要我站起来迎迓一次,握手一次,寒暄一次。他们的手有的冰冷的,有的潮湿的,有的肉麻的,还有用力很大,捏得我手痛的。他们的寒暄各人各样,意想不到。我好比受许多试官轮流口试,答话非常吃力。最吃力的,还是硬记各人的姓。主人介绍"这是王先生"的时候,我精神十分紧张,用尽平生的辨别力和记忆力,把"王"字和这脸孔努力设法联系。否则后来忘记了,不便再问"你到底姓啥?"若不再问,而用"喂,喂","你,你",又觉得失敬。这种时候,我希望每人额上用毛笔写一个字。姓王的就像老虎一样写一王字。这便可省却许多脑力。一桌十二三人之中,往往有大半是生客。一时要把八九个姓和八九只脸孔设法联系,实在是很伤脑筋的一件苦工！我在广西时，这一点苦头吃得少些。因为他们左襟上大家挂一个徽章，上面写出姓名。忘记了的时候，只要假装同他亲昵，走近去用眼梢一瞥，又记得了。但入席之后，围坐在大圆桌的四周的时候，此法又行不通，因为字太小了。若是忘记对座的人的姓，距离大圆桌的直径，望去看不清楚，又不便离席，绕道到对面去检阅襟章。若是忘记了邻座的人的姓，距离虽近而方向不好，也不便弯转头去看他的胸部。故广西办法虽好，总不及额上写字的便利。

入席以后，恶剧的精彩节目来了。例如午宴，入席往往是下午两点钟，肚子饿得很了。但不得吃菜吃饭。先拿起杯来，站起身来，谢谢主人，喝一杯空肚酒，喝得头晕眼花。然后"请，请"，大家吃菜。这在我是一件大苦事。因为我平生不曾吃过肉。猪肉、牛肉、羊肉一概不吃。抗战前十年是吃净素的。逃难后开戒吃了鱼，但猪油烧的鱼仍不能下咽。因为我有一种生理的习惯，怕闻猪油及肉类的气味。这点，主人大都晓得，特为我备素菜。两三盆素菜，香菇竹笋之类，价格最高而我所最不欢喜吃的素菜，放在我的面前。"出力不讨好"这一念已经使我不快，何况各种各样的荤腥气味，时时来袭我的嗅觉。——这原是我个人因了特殊习惯而受的苦，不可算在"宴会之苦"的公账上。但我从旁参观其他的人吃菜的表演，设身处地，我相信他们也有种种苦难。圆桌很大，菜盆放在中央，十二三只手臂辐辏拢来，要各凭两根竹条去攫取一点自己所爱吃的东西来吃，实在需要最高的技术！有眼光、有腕力、看得清、夹得稳，方才能出手表演。这好比一种合演的戏法！"戏法人人会变，各有巧妙不同"。我看见有几个人,技术非常巧妙。譬如一盆虾仁,吃到过半以后,只剩盆面浅浅的一层。用瓢去取,虾仁不肯钻进瓢里,而被瓢推走,势将走出盆外。此时最好有外力帮助。从反对方向来一股力,把虾仁推入瓢中。但在很客气的席上,自己不便另用一手去帮,叫别人来帮,更失了彬彬有礼的宴会的体统。于是只得运用巧妙的技术。大约是先下观察功夫,看定了哪处有一丘陵,就对准哪处,用迅雷不及掩耳的势力,将瓢一擤。技术高明的,可以擤得半瓢;技术差的,也总有二三粒虾仁入瓢,缩回手去的时候不伤面子。因为此种表演,为环桌二十余只眼睛所共睹,而且有人替你捏两把汗。如果你技术不高明,空瓢缩回,岂不是在大庭广众之中,颜面攸关呢!

我在宴会席上,往往呆坐,参观各人表演吃菜。我常常在心中惊疑:请人吃饭,为什么一定要取这种恶作剧的变戏法的方式呢?为什么数千年来没有人反对或提倡改革呢?至此我又发生了一个大疑问:"食色性也"。"饮食男女,人之大欲也"。圣贤把这两件事体并称,足证它们在人生具有同等的性状与地位。何以人生把"色"隐秘起来,而把"食"公开呢?要隐秘,大家隐秘;要公开,大家公开!如果大家公开办不到,不如大家隐秘。因为这两件事,从其丑者而观之,两者都是丑态。吃饭一事,假如你是第一次看见,实在难看得很;张开嘴巴来,露出牙齿来,伸出舌头来,把猪猡的肾肠,鸡鸭的屁股之类的东西拼命地塞进去,"结格结格"地咀嚼,淋淋漓漓的馋涎。这实在是见人不得的事!何以大家非但不隐秘,又且公开表演呢?

"不以人废言",我不忘记周作人的两句话:"人是由动物'进化'的","人是由'动物'进化的"。前句强语气在"进化"二字,所以人"异于禽兽"。后句强语气在"动物"二字,所以人与动物一样有食欲性欲。这是天经地义。但在习惯上,其一过分地隐秘,甚至说也说不得;其二过分地公开,甚至当作礼节,称为"宴会"。这实在是我生一大疑问。隔壁招贤寺里的弘伞法师,每天早晨吃一顿开水,正午吃一顿素饭。一天的饮食问题就解决。他到我家来闲谈的时候,不必敬烟,不必敬茶,纯粹的谈话。我每逢看到这位老和尚,常常作这样的感想:人是由"动物"进化的,"动物欲"当然应该满足;做和尚的只有一种"动物欲",也当然要满足。但满足的方式,越简单越好,越隐秘越好。因为这便是动物共通的下等欲望,不是进化的文明人的特色,所以不值得公开铺张的。做和尚的能把唯一的动物欲简单迅速地满足,而致全力于精神生活,这正是真的和尚,也正是最进化的人。和尚原作别论,不必详说。总之,两种"动物欲"的"下等"程度即使有高低之差,不能如我前文所说"要隐秘大家隐秘,要公开大家公开"。但饮食一事,不拘它下等得如何高尚,至少不值得大事铺张、公开表演。根据这理论,我反对宴会,嫌恶宴会。

"三不先生"的资格,我也许不能永久保有。但至少,不宴会的"一不先生"的资格,我是永远充分具备的。

1947 年 5 月 31 日于杭州作

梁上燕，轻罗扇

旧上海

所谓旧上海,是指抗日战争以前的上海。那时上海除闸北和南市之外,都是租界。洋泾浜(爱多亚路,即今延安路)以北是英租界,以南是法租界,虹口一带是日租界。租界上有好几路电车,都是外国人办的。中国人办的只有南市一路,绕城墙走,叫做华商电车。租界上乘电车,要懂得窍门,否则就被弄得莫名其妙。卖票人要揩油,其方法是这样:

譬如你要乘五站路,上车时给卖票人五分钱,他收了钱,暂时不给你票。等到过了两站,才给你一张三分的票,关照你:"第三站上车!"初次乘电车的人就莫名其妙,心想:我明明是第一站上车的,你怎么说我第三站上车?原来他已经揩了两分钱的油。如果你向他论理,他就堂皇地说:"大家是中国人,不要让利权外溢呀!"他用此法揩油,眼睛不绝地望着车窗外,看有无查票人上来。因为一经查出,一分钱要罚一百分。他们称查票人为"赤佬"。赤佬也是中国人,但是忠于洋商的。他查出一卖票人揩油，立刻记录了他帽子上的号码，回厂去扣他的工资。有一乡亲初次到上海，有一天我陪她乘电车，买五分钱票子，只给两分钱的。正好一个赤佬上车，问这乡亲哪里上车的，她直说出来，卖票人向她眨眼睛。她又说："你在眨眼睛！"赤佬听见了，就抄了卖票人帽上的号码。

那时候上海没有三轮车，只有黄包车。黄包车只能坐一人，由车夫拉着步行，和从前的抬轿相似。黄包车有"大英照会"和"小照会"两种。小照会的只能在中国地界行走，不得进租界。大英照会的则可在全上海自由通行。这种工人实在是最苦的。因为略犯交通规则，就要吃路警殴打。英租界的路警都是印度人，红布包头，人都喊他们"红头阿三"。法租界的都是安南人，头戴笠子。这些都是黄包车夫的对头，常常给黄包车夫吃"外国火腿"和"五枝雪茄烟"，就是踢一脚，一个耳光。外国人喝醉了酒开汽车，横冲直撞，不顾一切。最吃苦的是黄包车夫。因为他负担重，不易趋避，往往被汽车撞倒。我曾亲眼看见过外国人汽车撞杀黄包车夫，从此不敢在租界上坐黄包车。

旧上海社会生活之险恶，是到处闻名的。我没有到过上海之前，就听人说：上海"打呵欠割舌头"。就是说，你张开嘴巴来打个呵欠，舌头就被人割去。这是极言社会上坏人之多，非万分提高警惕不可。我曾经听人说：有一人在马路上走，看见一个三四岁的孩子跌了一跤，没人照管，哇哇地哭。此人良心很好，连忙扶他起来，替他揩眼泪，问他家在哪里，想送他回去。忽然一个女人走来，搂住孩子，在他手上一摸，说："你的金百锁哪里去了！"就拉住那人，咬定是他偷的，定要他赔偿。……是否真有此事，不得而知。总之，人心之险恶可想而知。

扒手是上海的名产。电车中，马路上，到处可以看到"谨防扒手"的标语。住在乡下的人大意惯了，初到上海，往往被扒。我也有一次几乎被扒：我带了两个孩子，在霞飞路阿尔培路口（即今淮海中路陕西南路口）等电车，先向烟纸店兑一块钱，钱包里有一叠钞票露了白。电车到了，我把两个孩子先推上车，自己跟着上去，忽觉一只手伸入了我的衣袋里。我用手臂夹住这只手，那人就被我拖上车子。我连忙向车子里面走，坐了下来，不敢回头去看。电车一到站，此人立刻下车，我偷眼一看，但见其人满脸横肉，迅速地挤入人丛中，不见了。我这种对付办法，是老上海的人教我的：你碰到扒手，但求避免损失，切不可注意看他。否则，他以为你要捉他，定要请你"吃生活"，即跟住你，把你打一顿，或请你吃一刀。

我住在上海多年，只受过这一次虚惊，不曾损失。有一次，和一朋友坐黄包车在南京路上走，忽然弄堂里走出一个人来，把这朋友的铜盆帽抢走。这朋友喊停车捉贼，那贼早已不知去向了。这顶帽子是新买的，值好几块钱呢。又有一次，冬天，一个朋友从乡下出来，寄住在我们学校里。有一天晚上，他看戏回来，身上的皮袍子和丝绵袄都没有了，冻得要死。这叫做"剥猪猡"。那抢帽子叫做"抛顶宫"。

妓女是上海的又一名产。我不曾嫖过妓女，详情全然不知，但听说妓女有"长三"、"幺二"、"野鸡"等类。长三是高等的,野鸡是下等的。她们都集中在四马路一带。门口挂着玻璃灯,上面写着"林黛玉"、"薛宝钗"等字。野鸡则由鸨母伴着,到马路上来拉客。

四马路西藏路一带,傍晚时光,野鸡成群而出,站在马路旁边,物色行人。她们拉住了一个客人,拉进门去,定要他住宿;如果客人不肯住,只要摸出一块钱来送她,她就放你。这叫做"两脚进门,一块出袋"。

我想见识见识,有一天傍晚约了三四个朋友,成群结队,走到西藏路口,但见那些野鸡,油头粉面,奇装异服,向人撒娇卖俏,竟是一群魑魅魍魉,教人害怕。然而竟有那些逐臭之夫,愿意被拉进去度夜。这叫做"打野鸡"。有一次,我在四马路上走,耳边听见轻轻的声音:"阿拉姑娘自家身体,自家房子……"回头一看,是一个男子。我快步逃避,他也不追赶。据说这种男子叫做"王八",是替妓女服务的,但不知是哪一种妓女。总之,四马路是妓女的世界。洁身自好的人,最好不要去。但到四马路青莲阁去吃茶看妓女,倒是安全的。

她们都有老鸨伴着,走上楼来,看见有女客陪着吃茶的,白她一眼,表示醋意;看见单身男子坐着吃茶,就去奉陪,同他说长道短,目的是拉生意。

上海的游戏场,又是一种乌烟瘴气的地方。当时上海有四个游戏场,大的两个:大世界、新世界;小的两个:花世界、小世界。大世界最为著名。出两角钱买一张门票,就可从正午玩到夜半。一进门就是"哈哈镜",许多凹凸不平的镜子,照见人的身体，有时长得像丝瓜，有时扁得像螃蟹，有时头脚颠倒，有时左右分裂……没有一人不哈哈大笑。里面花样繁多：有京剧场、越剧场、沪剧场、评弹场……有放电影，变戏法，转大轮盘，坐飞船，摸彩，猜谜，还有各种饮食店，还有屋顶花园。总之，应有尽有。乡下出来的人，把游戏场看作桃源仙境。我曾经进去玩过几次，但是后来不敢再去了。为的是怕热手巾。这里面到处有拴着白围裙的人，手里托着一个大盘子，盘子里盛着许多绞紧的热手巾，逢人送一个，硬要他揩，揩过之后，收他一个铜板。有的人拿了这热手巾，先擤一下鼻涕，然后揩面孔，揩项颈，揩上身，然后挖开裤带来揩腰部，恨不得连屁股也揩到。他尽量地利用了这一个铜板。那人收回揩过的手巾，丢在一只桶里，用热水一冲，再绞起来，盛在盘子里，再去到处分送，换取铜板。

　　这些热手巾里含有众人的鼻涕、眼污、唾沫和汗水，仿佛复合维生素。我努力避免热手巾，然而不行。因为到处都有，走廊里也有，屋顶花园里也有。不得已时，我就送他一个铜板，快步逃开。这热手巾使我不敢再进游戏场去。我由此联想到西湖上庄子里的茶盘：坐西湖船游玩，船家一定引导你去玩庄子。刘庄、宋庄、高庄、蒋庄、唐庄，里面楼台亭阁，各尽其美。然而你一进庄子，就有人拿茶盘来要你请坐喝茶。茶钱起码两角。如果你坐下来喝，他又端出糕果盘来，请用点心。如果你吃了他一粒花生米，就起码得送他四角。每个庄子如此，游客实在吃不消。如果每处吃茶，这茶钱要比船钱贵得多。于是只得看见茶盘就逃。

然而那人在后面喊:"客人,茶泡好了!"你逃得快,他就在后面骂人。真是大杀风景!所以我们游惯西湖的人,都怕进庄子去。最好是在白堤、苏堤上的长椅子上闲坐,看看湖光山色,或者到平湖秋月等处吃碗茶,倒很太平安乐。

且说上海的游戏场中,扒手和拐骗别开生面,与众不同。

有一个冬天晚上,我偶然陪朋友到大世界游览,曾亲眼看到一幕。有一个场子里变戏法,许多人打着圈子观看。戏法变完,大家走散的时候,有一个人惊喊起来,原来他的花缎面子灰鼠皮袍子,后面已被剪去一大块。此人身躯高大,袍子又长又宽,被剪去的一块足有二三尺见方,花缎和毛皮都很值钱。这个人屁股头空荡荡地走出游戏场去,后面一片笑声送他。这景象至今还能出现在我眼前。

我的母亲从乡下来。有一天我陪她到游戏场去玩。看见有一个摸彩的摊子,前面有一长凳,我们就在凳上坐着休息一下。看见有一个人走来摸彩,出一角钱,向筒子里摸出一张牌子来:"热水瓶一个。"此人就捧着一个崭新的热水瓶,笑嘻嘻地走了。随后又有一个人来,也出一角钱,摸得一只搪瓷面盆,也笑嘻嘻地走了。我母亲看得眼热,也去摸彩。第一摸,一粒糖;第二摸,一块饼干;第三摸,又是一粒糖。三角钱换得了两粒糖和一块饼干,我们就走了。后来,我们兜了一个圈子,又从这摊子面前走过。我看见刚才摸得热水瓶和面盆的那两个人,坐在里面谈笑呢。

当年的上海，外国人称之为"冒险家的乐园"，其内容可想而知。以上我所记述，真不过是皮毛的皮毛而已。我又想起了一个巧妙的骗局，用以结束我这篇记事吧：三马路广西路附近，有两家专卖梨膏的店，贴邻而居，店名都叫做"天晓得"。里面各挂着一轴大画，画着一只大乌龟。这两爿店是兄弟两人所开。他们的父亲发明梨膏，说是化痰止咳的良药，销售甚广，获利颇丰。父亲死后，兄弟两人争夺这爿老店，都说父亲的秘方是传授给我的。争执不休，向上海县告状。官不能断。兄弟二人就到城隍庙发誓："谁说谎谁是乌龟！是真是假天晓得！"于是各人各开一爿店，店名"天晓得"，里面各挂一幅乌龟。上海各报都登载此事，闹得远近闻名。全国各埠都来批发这梨膏。

外路人到上海，一定要买两瓶梨膏回去。兄弟二人的生意兴旺，财源茂盛，都变成富翁了。这兄弟二人打官司，跪城隍庙，表面看来是仇敌，但实际上非常和睦。他们巧妙地想出这骗局来，推销他们的商品，果然大家发财。

1972 年

都市奇观

闲居

闲居，在生活上人都说是不幸的，但在情趣上我觉得是最快适的了。假如国民政府新定一条法律："闲居必须整天禁锢在自己的房间里"，我也不愿出去干事，宁可闲居而被禁锢。

在房间里很可以自由取乐；如果把房间当作一幅画看的时候，其布置就如画的"置陈"了。譬如书房，主人的座位为全局的主眼，犹之一幅画中的 middle point①，须居全幅中最重要的地位。其他自书架、几、椅、藤床、火炉、壁饰、自鸣钟，以至痰盂、纸篓等，各以主眼为中心而布置，使全局的焦点集中于主人的座位，犹之画中的附属物、背景，均须有护卫主物，显衬主物的作用。这样妥帖之后，人在里面，精神自然安定、集中、而快适。这是谁都懂得，谁都可以自由取乐的事。虽然有的人不讲究自己的房间的布置，然走进一间布置很妥帖的房

---

① middle point：中心点。

间，一定谁也觉得快适。这可见人都会鉴赏，鉴赏就是被动的创作，故可说这是谁也懂得，谁也可以自由取乐的事。

我在贫乏而粗末①的自己的书房里，常常欢喜作这个玩意儿。把几件粗陋的家具搬来搬去，一月中总要搬数回。搬到痰盂不能移动一寸，脸盆架子不能旋转一度的时候，便有很妥帖的位置出现了。那时候我自己坐在主眼的座上，环视上下四周，君临一切。觉得一切都朝宗于我，一切都为我尽其职司，如百官之朝天，众星之拱北辰。就是墙上一只很小的钉，望去也似乎居相当的位置，对全体为有机的一员，对我尽专任的职司。我统御这个天下，想象南面王的气概，得到几天的快适。

有一次我闲居在自己的房间里，曾经对自鸣钟寻了一回开心。自鸣钟这个东西，在都会里差不多可说是无处不有，无人不备的了。然而它这张脸皮，我看惯了真讨厌得很。罗马字的还算好看；我房间里的一只，又是粗大的数学码子的。数学的九个字，我见了最头痛，谁愿意每天做数学呢！有一天，大概是闲日月中的闲日，我就从墙壁上请它下来，拿油画颜料把它的脸皮涂成天蓝色，在上面画几根绿的杨柳枝，又用硬的黑纸剪成两只飞燕，用浆糊黏住在两只针的尖头上。这样一来，就变成了两只燕子飞逐在杨柳中间的一幅圆额的油画了。凡在三点二十几分，八点三十几分等时候，画的构图就非常妥帖，因为两只飞燕适在全幅中稍偏的位置，而且追随在一块，画面就保住均衡了。辨识时间，没有数目字也是很容易的：针向上垂

---

① 粗末：日文，即"粗陋、不精致"。

直为十二时，向下垂直为六时，向左水平为九时，向右水平为三时。这就是把圆周分为四个 quarter①，是肉眼也很容易办到的事。一个 quarter 里面平分为三格，就得长针五分钟的距离了，虽不十分容易正确，然相差至多不过一两分钟，只要不是天文台、电报局或火车站里，人家家里上下一两分钟本来是不要紧的。倘眼睛锐利一点，看惯之后，其实半分钟也是可以分明辨出的。这自鸣钟现在还挂在我的房间里，虽然惯用之后不甚新颖了，然终不觉得讨厌，因为它在壁上不是显明的实用的一只自鸣钟，而可以冒充一幅油画。

除了空间以外，闲居的时候我又欢喜把一天的生活的情调来比方音乐。如果把一天的生活当作一个乐曲，其经过就像乐章（movement）的移行了。一天的早晨，晴雨如何？冷暖如何？人事的情形如何？犹之第一乐章的开始，先已奏出全曲的根柢的"主题"（thema）。一天的生活，例如事务的纷忙，意外的发生，祸福的临门，犹如曲中的长音阶变为短音阶的，C 调变为 F 调，adagio② 变为 allegro③，其或昼永人闲，平安无事，那就像始终 C 调的 andante④ 的长大的乐章了。以气候而论，春日是孟檀尔伸⑤（Mendelssohn），夏日是裴德芬⑥（Beethoven），

---

① quarter：四分之一。
② adagio：缓慢的。
③ allegro：迅速的。
④ andante：流动的，中速的。
⑤ 孟檀尔伸：今译门德尔松，德国音乐家。
⑥ 裴德芬：今译贝多芬，德国音乐家。

秋日是晓邦[①]（Chopin）、修芒[②]（Schumann），冬日是修斐尔德[③]（Schubert）。这也是谁也可以感到，谁也可以懂得的事。试看无论甚么机关里，团体里，做无论甚么事务的人，在阴雨的天气，办事一定不及在晴天的起劲、高兴、积极。如果有不论天气，天天照常办事的人，这一定不是人，是一架机器。只要看挑到我们后门头来卖臭豆腐干的江北人，近来秋雨连日，他的叫声自然懒洋洋地低钝起来，远不如一月以前的炎阳下的"臭豆腐干！"的热辣了。

1926年作

[①] 晓邦：今译肖邦，波兰音乐家。
[②] 修芒：今译舒曼，德国音乐家。
[③] 修斐尔德：今译舒伯特，奥地利音乐家。

数瓮犹未开

算命

我从杭州回上海,在火车中遇见一位老友,钱美茗,是杭州第一师范中的同班同学,阔别多年,邂逅甚欢。他到上海后要换车赴南京,南京车要在夜半开行。我住在上海,便邀他到宝山路某馆子吃夜饭,以尽地主之谊。那时我皈依佛教,吃素。点了两素一荤,烫一斤酒,对酌谈心。各问毕业后情况,我言游学日本,归来在上海教书糊口,他说在杭州当了几年小学教师,读了数百种星命的书,认为极有道理,曾在杭州设帐算命,生意不坏,今将赴南京行道云云。我不相信算命,任他谈得天花乱坠,只是摇头。他说:"你不相信吗?杭州许多事实,都证明我的算命有科学根据,百试不爽。"我回驳:"单靠出生的年月日时,如何算得出他的命呢?世界上同年同月同日同时生的,不知几千万人。难道这几千万人命运都一样吗?"他回答:"不是这么简单!地区有南北,时辰有早晚,环境有异同,都和命运有关,并不一概相同。"我姑妄听之。

酒兴浓时，他说要替我算命。我敬谢，他坚持。逼不得已，我姑且把生年月日时告诉他。他从怀中取出一本册子，翻了再翻，口中念念有词。最后向我宣称："你父母双亡，兄弟寥落。""对！""你财运不旺，难望富贵。""对！"最后他说："你今年三十五岁，阳寿还有五年。无论吃素修行，无法延寿。你须早作准备。""啊？""叨在老友，不怕忠言逆耳。"我起初吃惊，后来付之一笑。酒阑饭饱，我会了钞，与钱美茗分手。我在归家途中自思：此乃妄人，不足道也。我回家不提此事。

十多年后，抗日战争胜利，我从重庆回杭州，僦居西湖之畔。其时钱美茗也在杭州，在城隍山上设柜算命，但生意清淡，生活艰窘，常常来我寓索酒食。有一次我问他："十多年前上海宝山路上某菜馆中你替我算命，还记得否？"他佯装记不起来。我说："你说我四十岁要死，现在我已活到五十二岁了。"他想了一想，问："那么你四十岁上有何事情？"我回答："日寇轰炸我故乡，我仓皇逃难，终于免死呀！"他拍案叫道："这叫做九死一生，替灾免晦，保你长命百岁。"我又付之一笑。吃江湖饭的能言善辩。

不久我离杭州。至今二十多年，不见钱美茗其人。不知今后得再见否耳。

小学时代的先生

荣辱

为了一册速写簿遗忘在里湖的一爿小茶店里了，特地从城里坐黄包车去取。讲到车钱来回小洋四角。

这速写簿用廿五文一大张的报纸做成，旁边插着十几个铜板一支的铅笔。其本身的价值不及黄包车钱之半。我所以是要取者，为的是里面已经描了几幅画稿。本来画稿失掉了可以凭记忆而背摹；但这几幅偏生背摹不出，所以只得花了功夫和车钱去取。我坐在黄包车里心中有些儿忐忑。仔细记忆，觉得这的确是遗忘在那茶店里面第二只桌子的墙边的。记得当我离去时，茶店老板娘就坐在里面第一只桌子旁边，她一定看到这册速写簿，已经代我收藏了。即使她不收藏，第二个顾客坐到我这位置里去吃茶，看到了这册东西一定不会拿走，而交给老板娘收藏。因为到这茶店里吃茶的都是老主顾，而且都是劳动者，他们拿这东西去无用。况且他们曾见我在这里写过好几次，都认识我，知道这是我的东西，一定不会吃没我。我预上这辆黄包车一定可以载了我和一册速写而归来。

车子走到湖边的马路上，望见前面有一个军人向我对面走来。我们隔着一条马路相向而行，不久这人渐渐和我相近。当他走到将要和我相遇的时候，他的革靴嘎然一响，立正，举手，向我行了一个有色有声的敬礼。我平生不曾当过军人，也没有吃粮的朋友，对于这种敬礼全然不惯，不知怎样对付才好，一刹那间心中混乱。但第二刹那我就决定不理睬他。因为我忽然悟到，这一定是他的长官走在我的后面，这敬礼与我是无关的。于是我不动声色地坐在车中，但把眼斜转去看他礼毕。我的车夫跑得正快，转瞬间我和这行礼者交手而过，背道而驰。我方才旋转头去，想看看我后面的受礼者是何等样人。不意后面并无车子，亦无行人，只有那个行礼者。他也正在回头看我，脸上表示愤怒之色，隔着二三丈的距离向我骂了一声悠长的"妈——的！"然后大踏步去了。我的车夫自从见我受了敬礼之后。拉得非常起劲。不久使我和这"妈——的"相去遥远了。

我最初以为这"妈——的"不是给我的，同先前的敬礼不是给我的一样。但立刻确定它们都是给我的。经过了一刹那间的惊异之后，我坐在黄包车里独自笑起来。大概这军人有着一位长官，也戴墨镜，留长须，穿蓝布衣，其相貌身材与我相像。所以他误把敬礼给了我。但他终于发觉我不是他的长官，所以又拿悠长的"妈——的"来取消他的敬礼。我笑过之后一时终觉不快。倘然世间的荣辱是数学的，则"我＋敬礼－妈的＝我"同"3+1-1=3"一样，在我没有得失，同没有这回事一样，但倘不是数学的而是图画的，则涂了一层黑色之后再涂一层白色上去取消它，纸上就堆着痕迹，或将变成灰色，不复是原来的素纸了，我没有冒领他的敬礼，当然也不受他的"妈——的"。但他的敬礼实非为我而行，而他的"妈——的"确是为我而发。故我虽不冒领敬礼，他却要我实收"妈——的"。无端被骂，觉得有些冤枉。

但我的不快立刻消去。因为归根究底，终是我的不是，为甚么我要貌似他的长官，以致使他误认呢？昔夫子貌似了阳货，险些儿"性命交关"。我只受他一个"妈——的"，比较起来真是万幸了。况且我又因此得些便宜：那黄包车夫没有听见"妈——的"，自从见我受了军人的敬礼之后，拉的非常起劲。先前咕噜地说"来回四角太苦"，后来一声不响，出劲地拉我到小茶店里，等我取得了速写簿，又出劲地拉我回转。给他四角小洋，他一声不说；我却自动地添了他五个铜子。

我记录了这段奇遇之后，作如是想：因误认而受敬，因误认而被骂。世间的毁誉荣辱，有许多是这样的。

1935 年 3 月 6 日于杭州

五、生机

生机

生机

去年除夕夜买的一球水仙花,养了两个多月,直到今天方才开花。

今春天气酷寒,别的花木萌芽都迟,我的水仙尤迟。因为它到我家来,遭了好几次灾难,生机被阻抑了。

第一次遭的是旱灾,其情形是这样:它于去年除夕到我家,当时因为我的别寓里没有水仙花盆,我特为跑到磁器店去买一只纯白的磁盘来供养它。这磁盘很大、很重,原来不是水仙花盆。据磁器店里的老头子说,它是光绪年间的东西,是官场中请客时用以盛某种特别肴馔的家伙。只因后来没有人用得着它,至今没有卖脱。我觉得普通所谓水仙花盆,长方形的、扇形的,在过去的中国画里都已看厌了,而且形式都不及这家伙好看。就假定这家伙是为我特制的水仙花盆,买了它来,给我的水仙花配合,形状色彩都很调和。看它们在寒窗下绿白相映,素艳可喜,谁相信这是官场中盛酒肉的东西?可是它们结合不到一个月，就要别离。为的是我要到石门湾去过阴历年，预期在缘缘堂住一个多月，希望把这水仙花带回去，看它开好才好。如何带法？颇费踌躇：叫工人阿毛拿了这盆水仙花乘火车，恐怕有人说阿毛提倡风雅；把它装进皮箱里，又不可能。于是阿毛提议："盘儿不要它，水仙花拔起来装在饼干箱里，携了上车，到家不过三四个钟头，不会旱杀的。"我通过了。水仙就与盘暂别，坐在饼干箱里旅行。回到家里，大家纷忙得很，我也忘记了水仙花。三天之后，阿毛突然说起，我猛然觉悟，找寻它的下落，原来被人当作饼干，搁在石灰甏上。连忙取出一看，绿叶憔悴，根须焦黄。阿毛说："勿碍。"立刻把它供养在家里旧有的水仙花盆中，又放些白糖在水里。幸而果然勿碍，过了几天它又欣欣向荣了。是为第一次遭的旱灾。

第二次遭的是水灾，其情形是这样：家里的水仙花盆中，原有许多色泽很美丽的雨花台石子。有一天早晨，被孩子们发现了，水仙花就遭殃：他们说石子里统是灰尘，埋怨阿毛不先将石子清洗，就代替他做这番工作。他们把水仙花拔起，暂时养在脸盆里，把石子倒在另一脸盆里，掇到墙角的太阳光中，给它们一一洗刷。雨花台石子浸着水，映着太阳光，光泽、色彩、花纹，都很美丽。有几颗可以使人想象起"通灵宝玉"来。看的人越聚越多，孩子们尤多，女孩子最热心。她们把石子照形状分类，照色彩分类，照花纹分类；然后品评其好坏，给每块石子打起分数来；最后又利用其形色，用许多石子拼起图案来。图案拼好，她们自去吃年糕了；年糕吃好，她们又去踢毽子了;毽子踢好,她们又去散步了。直到晚上,阿毛在墙角发现了石子的图案,叫道:"咦,水仙花哪里去了?"东寻西找,发现它横卧在花台边上的脸盆中,浑身浸在水里。自晨至晚,浸了十来小时,绿叶已浸得发肿,发黑了!阿毛说:"勿碍。"再叫小石子给它扶持,坐在水仙花盆中。是为第二次遭的水灾。

第三次遭的是冻灾,其情形是这样的:水仙花在缘缘堂里住了一个多月。其间春寒太甚,患难迭起。其生机被这些天灾人祸所阻抑,始终不能开花。直到我要离开缘缘堂的前一天,它还是含苞未放。我此去预定暮春回来,不见它开花又不甘心,以问阿毛。阿毛说:"用绳子穿好,提了去!这回不致忘记了。"我赞成。于是水仙花倒悬在阿毛的手里旅行了。它到了我的寓中,仍旧坐在原配的盆里。雨水过了,不开花。惊蛰过了,又不开花。阿毛说:"不晒太阳的原故。"就掇到阳台上,请它晒太阳。今年春寒殊甚,阳台上虽有太阳光,同时也有料峭的东风,使人立脚不住。所以人都闭居在室内,从不走到阳台上去看水仙花。房间内少了一盆水仙花也没有人查问。直到次日清晨,阿毛叫了:"啊哟!昨晚水仙花没有拿进来,冻杀了!"一看,盆内的水连底冻,敲也敲不开;水仙花里面的水分也冻,其鳞茎冻得像一块白石头,其叶子冻得像许多翡翠条。赶快拿进来,放在火炉边。久而久之,盆里的水溶了,花里的水也溶了;但是叶子很软,一条一条弯下来,叶尖儿垂在水面。阿毛说:"乌者。"我觉得的确有些儿"乌",但是看它的花蕊还是笔挺地立着,想来生机没有完全丧尽,还有希望。以问阿毛,

209

阿毛摇头，随后说："索性拿到灶间里去，暖些，我也可以常常顾到。"我赞成。垂死的水仙花就被从房中移到灶间。是为第三次遭的冻灾。

谁说水仙花清？它也像普通人一样，需要烟火气的。自从移入灶间之后，叶子渐渐抬起头来，花苞渐渐展开。今天花儿开得很好了！阿毛送它回来，我见了心中大快。此大快非仅为水仙花。人间的事，只要生机不灭，即使重遭天灾人祸，暂被阻抑，终有抬头的日子。个人的事如此，家庭的事如此，国家、民族的事也如此。

1936年3月作

《越风》第10期

孤儿与娇儿

陋巷

杭州的小街道都称为巷。这名称是我们故乡所没有的。我幼时初到杭州，对于这巷字颇注意。我以前在书上读到颜子"居陋巷，一箪食，一瓢饮"的时候，常疑所谓"陋巷"，不知是甚样的去处。想来大约是一条坍圮、龌龊而狭小的弄，为灵气所钟而居了颜子的。我们故乡尽不乏坍圮、龌龊、狭小的弄，但都不能使我想象做陋巷。及到了杭州，看见了巷的名称，才在想象中确定颜子所居的地方，大约是这种巷里。每逢走过这种巷，我常怀疑那颓垣破壁的里面，也许隐居着今世的颜子。

就中有一条巷，是我所认为陋巷的代表的。只要说起陋巷两字，我脑中会立刻浮出这巷的光景来。其实我只到过这陋巷里三次，不过这三次的印象都很清楚，现在都写得出来。

第一次我到这陋巷里，是将近二十年前的事。那时我只十七八岁，正在杭州的师范学校里读书。我的艺术科教师李叔同先生似乎嫌艺术的力道薄弱，过不来他的精神生活的瘾，把图画音乐的书籍用具送给我们，自己到山里去断了十七天食，回来又研究佛法，预备出家了。在出家前的某日，他带了我到这陋巷里去访问马一浮先生。我跟着李先生走进这陋巷中的一间老屋，就看见一位身材矮胖而满面须髯的中年男子从里面走出来迎接我们。我被介绍，向这位先生一鞠躬，就坐在一只椅子上听他们的谈话。我其实全然听不懂他们的话，只是断片地听到什么"楞严"、"圆觉"等名词，又有一个英语"philosophy"出现在他们的谈话中。这英语是我当时新近记诵的，听到时怪有兴味。可是话的全体的意义我都不解。这一半是因为李先生打着天津白，马先生则叫工人倒茶的时候说纯粹的绍兴土白，面对我们谈话时也作北腔的方言，在我都不能完全通用。当时我想，你若肯把我当作倒茶的工人，我也许还能听得懂些。但这话不好对他说，我只得假装静听的样子坐着，其实我在那里偷看这位初见的马先生的状貌。他的头圆而大，脑部特别丰隆，假如身体不是这样矮胖，一定负载不起。他的眼不像李先生的眼纤细，圆大而炯炯发光，上眼帘弯成一条坚致有力的弧线，切着下面的深黑的瞳子。他的须髯从左耳根缘着脸孔一直挂到右耳根，颜色与眼瞳一样深黑。我当时正热中于木炭画，我觉得他的肖像宜用木炭描写，但那坚致有力的眼线，是我的木炭所描不出的。我正在这样观察的时候，他的谈话中突然发出哈哈的笑声。我惊奇他的笑声响亮而愉快，同他的话声全然不接，好像是两个人的声音。他一面笑，一面用炯炯发光的眼黑顾视到我。我正在对他作绘画的及音乐的观察，全然没有知道可笑的理由，但因假装着静听的样子，不能漠然不动；又不好意思问他"你有什么好笑"而请他重说一遍，只得再假装领会的样子，强颜作笑。他们当然不会考问我领会到如何程度，但我自己问心，很是惭愧。我惭愧我的装腔作笑，又痛恨自己何以听不懂他们的话。他们的话愈谈愈长，马先生的笑声愈多愈响，同时我的愧恨也愈积愈深。从进来到辞去，一向做个怀着愧恨的傀儡，冤枉地被带到这陋巷中的老屋里来摆了几个钟头。

第二次我到这陋巷，在于前年，是做傀儡之后十六年的事了。这十六七年之间，我东奔西走地糊口于四方，多了妻室和一群子女，少了一个母亲；马先生则十余年如一日，长是孑然一身地隐居在这陋巷的老屋里。我第二次见他，是前年的清明日，我是代李先生送两块印石而去的。我看见陋巷照旧是我所想象的颜子的居处，那老屋也照旧古色苍然。马先生的音容和十余年前一样，坚致有力的眼帘，炯炯发光的黑瞳，和响亮而愉快的谈笑声。但是听这谈笑声的我，与前大异了。我对于他的话，方言不成问题，意思也完全懂得了。像上次做傀儡的苦痛，这会已经没有，可是另感到一种更深的苦痛：我那时初失母亲——从我孩提时兼了父职抚育我到成人，而我未曾有涓埃的报答的母亲——痛恨之极，心中充满了对于无常的悲愤和疑惑。自己没有解除这悲和疑的能力，便堕入了颓唐的状态。我只想跟着孩子们到山巅水滨去 picnic（野餐），以暂时忘却我的苦痛，而独怕听接触人生根本的话。

我是明知故犯地堕落了。但我的堕落在我所处的社会环境中颇能隐藏。因为我每天还为了糊口而读几页书，写几小时的稿，长年除荤戒酒，不看戏，又不赌博，所有的嗜好只是每天吸半听美丽牌香烟，吃些糖果，买些玩具同孩子们弄弄。

在我所处的社会环境中的人看来，这样的人非但不堕落，着实是有淘剩的。但马先生的严肃的人生，显明地衬出了我的堕落。

他和我谈起我所作而他所序的《护生画集》，勉励我；知道我抱着风木之悲，又为我解说无常，劝慰我。

其实我不须听他的话，只要望见他的颜色，已觉羞愧得无地自容了。我心中似有一团"剪不断，理还乱"的丝，因为解不清楚，用纸包好了藏着。

马先生的态度和说话，着力地在那里发开我这纸包来。我在他面前渐感局促不安，坐了约一小时就告辞。

当他送我出门的时候，我感到与十余年前在这里做了几小时傀儡而解放出来时同样愉快的心情。

我走出那陋巷，看见街角上停着一辆黄包车，便不问价钱，跨了上去。仰看天色晴明，决定先到采芝斋买些糖果，带了到六和塔去度送这清明日。

但当我晚上拖了疲倦的肢体而回到旅馆的时候，想起上午所访问的主人，热烈地感到畏敬的亲爱。

我准拟明天再去访他，把心中的纸包打开来给他看。但到了明朝，我的心又全被西湖的春色所占据了。

第三次我到这陋巷,是最近一星期前的事。这回是我自动去访问的。马先生照旧孑然一身地隐居在那陋巷的老屋里,两眼照旧描着坚致有力的线而炯炯发光,谈笑声照旧愉快。只是使我惊奇的,他的深黑的须髯已变成银灰色,渐近白色了。

我心中浮出"白发不能容宰相,也同闲客满头生"之句,同时又悔不早些常来亲近他,而自恨三年来的生活的堕落。

现在我的母亲已死了三年多了,我的心似已屈服于"无常",不复如前之悲愤,同时我的生活也就从颓唐中爬起来,想对"无常"作长期的抵抗了。

我在古人诗词中读到"笙歌归院落,灯火下楼台","六朝旧时明月,清夜满秦淮","白头宫女在,闲坐说玄宗"等咏叹无常的文句,不肯放过,给它们翻译为画。

以前曾寄两幅给马先生,近来想多集些文句来描画,预备作一册《无常画集》。我就把这点意思告诉他,并请他指教。

他欣然地指示我许多可找这种题材的佛经和诗文集,又背诵了许多佳句给我听。

最后他翻然地说道:"无常就是常。无常容易画,常不容易画。"我好久没有听见这样的话了,怪不得生活异常苦闷。

他这话把我从无常的火宅中救出,使我感到无限的清凉。

当时我想,我画了《无常画集》之后,要再画一册《常画集》。《常画集》不须请他作序,因为自始至终每页都是空白的。

这一天我走出那陋巷,已是傍晚时候。岁暮的景象和雨雪充塞了道路。我独自在路上彷徨,回想前年不问价钱跨上黄包车那一回,又回想二十年前作了几小时傀儡而解放出来那一会,似觉身在梦中。

        1933年1月15日于石门湾

某父子

忆弟

突然外面走进一个人来，立停在我面前咫尺之地，向我深深地作揖。我连忙拔出口中的卷烟而答礼，烟灰正擦在他的手背上，卷烟熄灭了，连我也觉得颇有些烫痛。

等他仰起头来，我看见一个衰老憔悴的面孔，下面穿一身褴褛的衣裤，伛偻地站着。我的回想在脑中曲曲折折地转了好几个弯，才寻出这人的来历。起先认识他是太，后来记得他姓朱，我便说道：

"啊！你是朱家大伯！长久不见了。近来……"

他不等我说完就装出笑脸接上去说：

"少爷，长久不见了，我现在住在土地庵里，全靠化点香钱过活。少爷现在上海发财了？几位官官了？真是前世修的好福气！"

我没有逐一答复他在不在上海，发不发财，和生了几个儿子；只是唯唯否否。他也不要求一一答复，接连地说过便坐下在旁边的凳子上。

我摸出烟包，抽出一支烟来请他吸，同时忙碌地回想过去。

二十余年前，我十三四岁的时候，和满姐、慧弟跟着母亲住在染坊店里面的老屋里。同住的是我们的族叔一家。这位朱家大伯便是叔母的娘家的亲戚而寄居在叔母家的。他年纪与叔母仿佛。也许比叔母小，但叔母叫他"外公"，叔母的儿子叫他"外公太太"（注，石门湾方言，称曾祖为太）。论理我们也该叫他"外公太太"，但我们不论。一则因为他不是叔母的嫡亲外公，听说是她娘家同村人的外公；且这叔母也不是我们的嫡亲叔母，而是远房的。我们倘对他攀亲，正如我乡俗语所说："攀了三日三夜，光绪皇帝是我表兄"了。二则因为他虽然识字，但是挑水果担的，而且年纪并不大，叫他"太太"有些可笑。所以我们都跟染坊店里的人叫他朱家大伯。而在背后谈他的笑话时，简称他为"太"。这是尊称的反用法。

太的笑话很多，发现他的笑话的是慧弟。理解而赏识这些笑话的只有我和满姐。譬如吃夜饭的时候，慧忽然用饭碗接住了他的尖而长的下巴，独自吃吃地笑个不住。我们便知道他是想起了今天所发现的太的笑话了，就用"太今天怎么样？"一句话来催他讲。他笑完了便讲："太今天躺在店里的榻上看《康熙字典》。竺官坐在他旁边，也拿起一册来翻。翻了好久，把书一掷叫道：'竺字在哪里？你这部字典翻不出的！'太一面看字典，一面随口回答：'蛮好翻的！'竺官另取一册来翻了好久，又把书一掷叫道：'翻不出的！你这部字典很难翻！'他又随口回答：'蛮好翻的！再要好翻没有了！'"

讲到这里,我们三人都笑不可仰了。母亲催我们吃饭。我们吃了几口饭又笑了起来。母亲说出两句陈语来:"食不言,寝不语。你们父亲前头……"但下文大都被我们的笑声淹没了。从此以后,我们要说事体的容易做,便套用太的语法,说"再要好做没有了"。后来更进一步,便说"同太的字典一样"了。现在慧弟的墓木早已拱了,我同满姐二人有时也还在谈话中应用这句古话以取笑乐——虽然我们的笑声枯燥冷淡,远不及二十余年前夜饭桌上的热烈了。

有时他用手按住了嘴巴从店里笑进来,又是发现了太的笑话了。"太今天怎么样?"一问,他便又讲出一个来。

"竺官问太香瓜几钱一个,太说三钱一个,竺官说:'一钱三个?'太说:'勿要假来假去!'竺官向他担子里捧了三个香瓜就走,一面说着:'一个铜元欠一欠,大年夜里有月亮,还你。'太追上去夺回香瓜。一个一个地还到担子里去,口里唱一般地说:'别的事情可假来假去,做生意勿可假来假去!'"

讲到"别的事情可假来假去"一句,我们又都笑不可仰了。

慧弟所发现的趣话,大都是这一类的。现在回想起来,他真是一个很别致的人。他能在寻常的谈话中随处发现笑的资料。例如嫌冷的人叫一声:"天为什么这样冷!"装穷的人说了一声:"我哪里有钱!"表明不赌的人说了一声:"我几时弄牌!"又如怪人多事的人说了一句:"谁要你讨好!"虽然他明知道这是借疑问词来加强语气的,并不真个要求对手的解答,但他故意捉住了话中的"为什么""哪里""几时""谁"等疑问

_221

词而作可笑的解答。倘有人说"我马上去",他便捉住他问:"你的马在哪里?"倘有人说"轮船马上开",他就笑得满座皆笑了。母亲常说他"吃了笑药",但我们这孤儿寡妇的家庭幸有这吃笑药的人,天天不缺乏和乐而温暖的空气。我和满姐虽然不能自动发现笑的资料,但颇能欣赏他的发现,尤其是关于太的笑话,在我们脑中留下不朽的印象。所以我和他虽已阔别二十余年,今天一见立刻认识,而且立刻想起他那部"再要好翻没有了"的字典。

但他今天不讲字典,只说要买一只瓮缸,向我化一点钱。他说:

"我今年七十五岁了,近来一年不如一年。今年三月里在桑树根上绊一绊跌了一跤,险险乎病死。靠菩萨,还能走出来。但是还有几时活在世上呢?庵里毫无出息。化化香钱呢,大字号店家也只给一两个小钱,初一、月半两次,每次最多得到三角钱,连一口白饭也吃不饱。店里先生还嫌我来得太勤。饿死了也干净,只怕这几根骨头没有人收拾,所以想买一只缸。缸价要七八块钱,汪恒泰里已答应我出两块钱,请少爷也做个好事。钱呢,买好了缸来领。"

我和满姐立刻答应他每人出一块钱。又请他喝一杯茶,留他再坐。我们想从他那里找寻自己童年的心情,但终于找不出,即使找出了也笑不出。因为主要的赏识者已不在人世,而被赏识的人已在预备买缸收拾自己的骨头,残生的我们也没有心思再做这种闲情的游戏了。我默默地吸卷烟,直到他的辞去。

1933 年 6 月 24 日在石门湾

竹几一灯人做梦

阿难

往年我妻曾经遭逢小产的苦难。在半夜里，六寸长的小孩辞了母体而默默地出世了。医生把他裹在纱布里，托出来给我看，说着：

"很端正的一个男孩！指爪都已完全了，可惜来得早了一点！"我正在惊奇地从医生手里窥看的时候，这块肉忽然动起来，胸部一跳，四肢同时一撑，宛如垂死的青蛙的挣扎。我与医生大家吃惊，屏息守视了良久，这块肉不再跳动，后来渐渐发冷了。

唉！这不是一块肉，这是一个生灵，一个人。他是我的一个儿子，我要给他取名字：因为在前有阿宝、阿先、阿瞻，又他母亲为他而受难，故名曰"阿难"。阿难的尸体给医生拿去装在防腐剂的玻璃瓶中；阿难的一跳印在我的心头。

阿难！一跳是你的一生！你的一生何其草草？你的寿命何其短促？我与你的父子的情缘何其浅薄呢？

然而这等都是我的妄念。我比起你来,没有甚么大差异。数千万光年中的七尺之躯,与无穷的浩劫中的数十年,叫做"人生"。自有生以来,这"人生"已被反覆了数千万遍,都像昙花泡影地倏现倏灭,现在轮到我在反覆了。所以我即使活了百岁,在浩劫中与你的一跳没有甚么差异。今我嗟伤你的短命真是九十九步的笑百步。

阿难!我不再为你嗟伤,我反要赞美你的一生的天真与明慧。原来这个我,早已不是真的我了。人类所造作的世间的种种现象,迷塞了我的心眼,隐蔽了我的本性,使我对于扰攘奔逐的地球上的生活,渐渐习惯,视为人生的当然而恬不为怪。实则堕地时的我的本性,已经斫丧无余了。我尝读《西青散记》,对于史震林的自序中的这数语——"余初生时,怖夫天之乍明乍暗,家人曰:昼夜也。怪夫人之乍有乍无,曰:生死也。教余别星,曰:孰箕斗;别禽,曰:孰鸟鹊,识所始也。生以长,乍暗乍明乍有乍无者,渐不为异。间于纷纷混混之时,自提其神于太虚而俯之,觉明暗有无之乍乍者,微可悲也"——非常感动,为之掩卷悲伤,仰天太息。以前我常常赞美你的宝姊姊与瞻哥哥,说他们的儿童生活何等的天真、自然,他们的心眼何等的清白、明净,为我所万不敢望。然而他们哪里比得上你,他们的视你,亦犹我的视他们。他们的生活虽说天真、自然,他们的眼虽说清白、明净;然他们终究已经有了这世间的知识,受了这世界的种种诱惑,染了这世间的色彩,一层薄薄的雾障已经笼罩了他们的天真与明净了。你的一生完全不着这世间的尘埃。你是完全的天真、自然、清白、明净的生命。世间的人，本来都有像你那样的天真明净的生命，一入人世，便如入了乱梦，得了狂疾，颠倒迷离，直到困顿疲毙，始仓皇地逃回生命的故乡。这是何等昏昧的痴态！你的一生只有一跳，你在一秒间干净地了结你在人世间的一生，你堕地立刻解脱。正在中风狂走的我，更何敢企望你的天真与明慧呢？

我以前看了你的宝姊姊瞻哥哥的天真烂漫的儿童生活，惋惜他们的黄金时代的将逝，常常作这样的异想："小孩子长到十岁左右无病地自己死去，岂不完成了极有意义与价值的一生呢？"但现在想想，所谓"儿童的天国"，"儿童的乐园"，其实贫乏而低小得很，只值得颠倒困疲的浮世苦者的艳羡而已，又何足挂齿？像你的以一跳了生死，绝不撄浮生之苦，不更好么？在浩劫中，人生原只是一跳。我在你的一跳中瞥见一切的人生了。

然而这仍是我的妄念。宇宙间人的生灭，犹如大海中的波涛的起伏。大波小波，无非海的变幻，无不归元于海，世间一切现象，皆是宇宙的大生命的显示。阿难！你我的情缘并不淡薄，你就是我，我就是你：无所谓你我了！

1927年9月17日
阿难三周年生辰又忌辰作于缘缘堂

南无本师释迦牟尼佛

小白之死

战后的江湾的荒寂的夏日的朝晨,我整理了茶盘和纸烟匣,预备做这一日的人。贻孙苍白了脸,仓皇地闯进我的室内来。我听到他的发抖的叫声"娘舅……"的一瞬间,心中闪过一阵不祥的预感,知道今天所抽着的运命的签一定别致些了。因为贻孙在隔壁的学校里读书,现在正是上课的时候,无事不会来此;况且他是一个沉默而稳重的高中理科三年级生,平日课余来我这里闲耍,总是态度温雅,举止端详的,今天不是有非常的事,不会在清晨苍白了脸而闯进我的室内来。我用了"一·二八"之后在乡下探听上海战事消息时所用的一种感情,静听他的说话。

"娘舅……叔父有病……厉害……"

最后的两个字,声音断续而很不明确。我的脑际立刻闪出一幅小白躺在床上待毙的想象图来。

"啊,小白病了?现在什么地方?你怎么知道?……"

"在医院里,银宝家派车夫阿三到学校里来叫我去……"

我继续问他什么病，现在病状如何，只见他的嘴唇只管发颤，过了好久，他用身体的方向指示在学校里的车夫阿三，断断续续地回答我说："据说不好了……"我的脑际好像电影开幕时的广告画的换片，立刻换了一幅小白僵卧在病院里的铁床上的想象图，然而并不确定，两幅图一隐一现地在我脑中开映。他的身体的转向把我从椅子里吸了起来，两人不约而同地向着学校走去。

学校的大门站着一个穿黑色短衣裤的人，红着眼睛，在那里盼望，我问了他，才知道小白于前日起忽患痢疾，已于今天死在时疫医院里，他是连夜不睡而看护他到死的人，现在银宝决定派他来叫贻孙。"我也去"，这三个字自动地从我的唇间落了出来。

不久我的身体被载在黄包车上，穿走在战争的遗迹间，向着小白的尸体而迫近去了。车行约有一小时之久，这一小时的冥想使我尝到了人生的浓烈的滋味。记得我以前到练市镇上的他的家里去的时候，我和他，他的老兄我的姐丈印池，三人常常通夜不寐，纵谈人生的种种问题。我们自然不是在那里讨论什么主义或什么哲学。但各把平日所感到而对他人不足道的感想肆无忌惮地说出来，互相批评或欣赏，颇足以舒展胸怀而慰藉心的寂寞。所以往往愈谈愈有兴味，直到窗下的火油灯光没却在晨光中而变成焦黄色的一粒的时候，方才各去睡觉。最近他别了他的老兄，独自旅居上海三德坊的友人家里，我去访问他，同他谈论贻孙高中毕业后升学的问题。这时候他微恙初愈，但见了我，谈兴还是很好，从升学问题谈到职业问题，社会问题，归根到人生问题，然而上海的紧张的空气与环境，不配作我们的从容的长谈的背景。我们的谈话不能延长，黄昏，我就同他分别。这回分别后的再聚，便是今朝了。从前我们的谈话中，也常常谈到死的问题。记得有一次半夜过后，我的阿姐从梦中醒来，撩开帐子一看，见我们三人正谈得兴高采烈。她是聋的，听不见我们的话，便招我过去问：「你们在半夜里起劲地讲什么？」我浪漫地回答她"讲死"两个字，使得她叹一口气，懊丧地睡了。那时我们都是活人，不过空口地谈死的话，已觉得滋味比世俗的应酬和日常的问答浓烈得多，足使我在古典派的聋子的阿姐面前自炫其浪漫。现在，小白实践地死倒来，要我坐了黄包车去看，今天我所尝到的人生滋味，实在过于浓烈而有些热辣了。我坐在车中仰望苍天，礼赞运命之神的伟力。他现在正拿着那册运命的大账簿，在我名下翻出一行来给我看。我看见写着："中华民国二十一年八月三日上午八时，你须得坐了黄包车去看你的朋友小白的尸体。"我想再看其次的一行写着要我做什么，他那账簿早已闭拢了。

　　黄包车拉到了银宝家里。银宝家的客堂里坐着许多的人，眉头都颦蹙着。他们是小白的从兄弟及侄儿们，正在商办小白的后事。我和贻孙一到，就被两班人分别捉住，听他们从头诉说这突发的不幸事件的原委。有的详细地说述他的患病及进院的经过。有的精密地打算怎样把尸身从医院运到湖州会馆去办丧事的方法。有的猜谅练市本家的老太太、夫人，及老兄接到电报后的行动，又考虑怎样防止他们的过分的哀悼。有的屈指计算尸体上所应穿的寿衣，预备买衣料来赶紧去做。又有小白患病前所寄居的那人家的男子，拿了小白的遗物来当众人面前交付给银宝，说连一个铅笔蒂头都在这里面了。我对于这等诉述和商谈，只能用叹息或唯唯来应对。我是预备尝人生的浓烈滋味而来和老友诀别的，但他们的诉述和商谈已把这滋味冲淡了。我举头望着天井里，想重番召集我的诀别老友的心情。我的眼睛看到了玻璃窗上的八个白粉笔字："驾矣富人，哀此茕独。"下面又注着三个小字"小白题"。我不期地叫道："唉！这字还是他写的！"这叫声引起了几声慨叹和暂时间的静默。

我知道这八个字，小白是为了"一·二八"战争逃难的民众而写的。"一·二八"事件的时候，小白正在闸北"躬逢其盛"。我从我的姐丈处间接知道他曾历尽艰苦而逃出战地，又冒了危险而进去营救他的病着的从兄，他亲眼看见商务印书馆的被毁，亲身被摄在虹口五洲大药房的捉人事件的照相中，登载在时报上。我久想觅个空闲的日子，和小白作一次长谈，倾听他的珍贵的阅历。可是为了战后谋生的忙碌，始终未曾偿愿。但猜想他那明白的头脑和透彻的眼光，在这一次意想不到的剧烈的市街战中，一定见到不少与我们所常谈的生死问题有密切关系的现象。想到这里，我不期地叫出："唉！我还想同小白谈话一次呢！"

下午，汽车把我载到了死一般静寂的闸北中兴路的湖州会馆的遗迹的门口。我随了众人走进遗迹中残存的几间破屋，就看见一所平屋的门口停着一个棺材，旁边二三个人在那里指点批评。有的说这货物卖二百四十块钱还算是便宜的，有的说照他的身家应该困这样的棺材。我明知道"小白要困这棺材"了。

但"小白"的subject（主语）和"困这棺材"的predicate（谓语），在我心中一时竟造不起sentence（句子）来。我本能地觉得小白还活着，棺材是我们谈死的问题时所用的一种语材。但我立刻责备自己的心的幼稚。六七个月之前，横死在这片广大的遗迹上的人不知几千，不过我不曾认识他们罢了。小白在车夫阿三的看护之下病死在时疫医院里，又有许多亲族同他殡殓，比较起那几千人来，死得着实舒泰了，又何用我来惺惺怜惜呢？于是我也走上前去抚摸那棺材——我的老友的永久的本宅。

死一般静寂的环境中忽然听到汽车的叫声。不久一个西洋人和一个中国人扛着一只精美而清洁的病床向平屋走来，床上横着全部用白布包裹的小白的尸体。他们把这奇异的白布包抬到屋内铺设着的尸床上，由那外国人仔细地打开来，再用雪白的手巾把尸体揩抹干净，安放端整。然后向袋中摸出发票来，向治殡的人要钱，我听说这柩车是从万国殡仪馆借来的。从医院里载送到此，车费三十五两银子。我看见那外国人一路讲话，一路指点小白，似乎在那里讲价。小白则同雕像一般仰卧着，一任他们指点。

我从那外国人进来的时候起，就默默地为小白念佛。现在叫人点起香烛来，让我向这老友作永远的告别。我拜伏在他的灵前，热诚地为他祈愿，愿他从此永离秽趣，早生西方极乐世界。南无阿弥陀佛。

1932 年 10 月 27 日写

青山箇々伸領看吾家盧中喫苦茶

碩卿先生雅屬 缶

青山

伯豪之死

伯豪是我十六岁时在杭州师范学校[1]的同班友。他与我同年被取入这师范学校。这一年取入的预科新生共八十余人,分为甲乙两班。不知因了什么妙缘,我与他被同编在甲班。那学校全体学生共有四五百人,共分十班。其自修室的分配,不照班次,乃由舍监先生的旨意而混合编排,故每一室二十四人中,自预科至四年级的各班学生都含有。这是根据了联络感情,切磋学问等教育方针而施行的办法。

我初入学校,颇有人生地疏,举目无亲之慨。我的领域限于一个被指定的坐位。我的所有物尽在一只抽斗内。此外都是不见惯的情形与不相识的同学——多数是先进山门的老学生。他们在纵谈,大笑,或吃饼饵。有时用奇妙的眼色注视我们几个新学生,又向伴侣中讲几句我们所不懂的,暗号的话,似讥

---

[1] 指在杭州的浙江省立第一师范学校。

讽又似嘲笑。我枯坐着觉得很不自然。望见斜对面有一个人也枯坐着，看他的模样也是新生。我就开始和他说话，他是我最初相识的一个同学，他就是伯豪，他的姓名是杨家儁，他是余姚人。

自修室的楼上是寝室。自修室每间容二十四人，寝室每间只容十八人，而人的分配上顺序相同。这结果，犹如甲乙丙丁的天干与子丑寅卯的地支的配合，逐渐相差，同自修室的人不一定同寝室。我与伯豪便是如此，我们二人的眠床隔一堵一尺厚的墙壁。当时我们对于眠床的关系，差不多只限于睡觉的期间。因为寝室的规则，每晚九点半钟开了总门，十点钟就熄灯。学生一进寝室，须得立刻钻进眠床中，明天六七点钟寝室总长就吹着警笛，往来于长廊中，把一切学生从眠床中吹出，立刻锁闭总门。自此至晚间九点半的整日间，我们的归宿之处，只有半只书桌（自修室里两人合用一书桌）和一只板椅子的坐位。所以我们对于这甘美的休息所的眠床，觉得很可恋；睡前虽然只有几分钟的光明，我们不肯立刻钻进眠床中，而总是凑集几个朋友来坐在床沿上谈笑一会，宁可暗中就寝。我与伯豪不幸隔断了一堵墙壁，不能联榻谈话，我们常常走到房门外面的长廊中，靠在窗沿上谈话。有时一直谈到熄灯之后，周围的沉默显著地衬出了我们的谈话声的时候，伯豪口中低唱着"众人皆睡，而我们独醒"而和我分手，各自暗中就寝。

伯豪的年龄比我稍大一些，但我已记不清楚。我现在回想起来，他那时候虽然只有十七八岁，已具有深刻冷静的脑筋，与卓绝不凡的志向,处处见得他是一个头脑清楚而个性强明的少年。我那时候真不过是一个年幼无知的小学生,胸中了无一点志向,眼前没有自己的路,只是因袭与传统的一个忠仆,在学校中犹之一架随人运转的用功的机器。我的攀交伯豪,并不是能赏识他的器量,仅为了他是我最初认识的同学。他的不弃我,想来也是为了最初相识的原故,决不是有所许于我——至多他看我是一个本色的小孩子,还肯用功,所以欢喜和我谈话而已。

　　这些谈话使我们的交情渐渐深切起来了。有一次我曾经对他说起我的投考的情形。我说:"我此次一共投考了三只学校,第一中学,甲种商业,和这只师范学校。"他问我:"为什么考了三只?"我率然地说道:"因为我胆小呀!恐怕不取,回家不是倒霉?我在小学校里是最优等第一名毕业的;但是到这种大学校里来考,得知取不取呢?幸而还好,我在商业取第一名,中学取第八名,此地取第三名。""那么你为什么终于进了这里?""我的母亲去同我的先生商量,先生说师范好,所以我就进了这里。"伯豪对我笑了。我不解他的意思,反而自己觉得很得意。后来他微微表示轻蔑的神气,说道:"这何必呢!你自己应该抱定宗旨!那么你的来此不是诚意的,不是自己有志向于师范而来的。"我没有回答。实际,当时我心中只知道有母命,师训,校规;此外全然不曾梦到什么自己的宗旨,诚意,志向。他的话刺激了我,使我忽然悟到了自己:最初是惊悟自己的态度的确不诚意,其次是可怜自己的卑怯,最后觉得刚才对他夸耀我的应试等第,何等可耻!我究竟已是一个应该自觉的少年了。他的话促成了我的自悟。从这一天开始,我对他抱了畏敬之念。

他对于学校所指定而全体学生所服从的宿舍规则,常抱不平之念。他有一次对我说:"我们不是人,我们是一群鸡或鸭。朝晨放出场,夜里关进笼。"又当晚上九点半钟,许多学生挤在寝室总门口等候寝室总长来开门的时候,他常常说"放犯人了!"但当时我们对于寝室的启闭,电灯的开关,都视同天的晓夜一般,是绝对不容超越的定律;寝室总长犹之天使,有不可侵犯的威权,谁敢存心不平或口出怨言呢?所以他这种话,不但在我只当作笑话,就是公布于全体四五百同学中,也决不会有什么影响。我自己尤其是一个绝对服从的好学生。有一天下午我身上忽然发冷,似乎要发疟了。但这是寝室总门严闭的时候,我心中连"取衣服"的念头都不起,只是倦伏在座位上。伯豪询知了我的情形,问我:"为什么不去取衣?"我答道:"寝室总门关着!"他说:"哪有此理!这里又不真果是牢狱!"他就代我去请求寝室总长开门,给我取出了衣服,棉被,又送我到调养室去睡。在路上他对我说:"你不要过于胆怯而只管服从,凡事只要有道理。我们认真是兵或犯人不成?"

有一天上课,先生点名,叫到"杨家儁",下面没有人应到,变成一个休止符。先生问级长,"杨家儁为什么又不到?"级长说:"不知。"先生怒气冲冲地说:"他又要无故缺课了,你去叫他。"级长像差役一般,奉旨去拿犯了。我们全体四十余人肃静地端坐着,先生脸上保住了怒气,反绑了手①,立在讲台上,满堂肃静地等候着要犯的拿到。不久,级长空手回来说:"他不肯来。"四十几对眼睛一时射集于先生的脸上,先生但从鼻孔中落出一个"哼"字,拿铅笔在点名册上恨恨地一圈,就翻开书,开始授课。我们间的空气愈加严肃,似乎大家在猜虑这"哼"字中含有什么法宝。

下课以后,好事者都拥向我们的自修室来看杨伯豪。大家带着好奇的又怜悯的眼光,问他:"为什么不上课?"伯豪但翻弄桌上的《昭明文选》,笑而不答。有一个人真心地忠告他:"你为什么不说生病呢?"伯豪按住了《文选》回答道:"我并不生病,哪里可以说诳?"大家都一笑走开了。后来我去泡茶,途中看见有一簇人包围着我们的级长,在听他说什么话。我走近人丛旁边,听见级长正在说:"点名册上一个很大的圈饼……"又说:"学监差人来叫他去……"有几个听者伸一伸舌头。后来我听见又有人说:"将来……留级,说不定开除……"另一个声音说:"还要追缴学费呢……"我不知道究竟"哼"有什么作用,大圈饼有什么作用,但看了这舆论纷纷的情状,心中颇为伯豪担忧。

这一天晚上我又同他靠在长廊中的窗沿上说话了。我为他担了一天心,恳意地劝他,"你为什么不肯上课?听说点名册上你的名下画了一个大圈饼。说不定要留级,开除,追缴学费

---

① 反绑了手,作者家乡话,意即两手在背后交叉握住。

呢！"他从容地说道："那先生的课，我实在不要上了。其实他们都是怕点名册上的圈饼和学业分数操行分数而勉强去上课的，我不会干这种事。由他什么都不要紧。""你这怪人，全校找不出第二个！""这正是我之所以为我！""……"

杨家的无故缺课，不久名震于全校，大家认为这是一大奇特的事件，教师中也个个注意到。伯豪常常受舍监学监的召唤和训叱。但是伯豪怡然自若。每次被召唤，他就决然而往，笑嘻嘻地回来。只管向藏书楼去借《史记》《汉书》等，凝神地诵读。只有我常常替他担心，不久，年假到了。学校对他并没有表示什么惩罚。

第二学期，伯豪依旧来校，但看他初到时似乎很不高兴。我们在杭州地方已渐渐熟悉。时值三春，星期日我同他二人常常到西湖的山水间去游玩。他的游兴很好，而且办法也特别。他说："我们游西湖，应该无目的地漫游，不必指定地点。疲倦了就休息。"又说："游西湖一定要到无名的地方！众人所不到的地方。"他领我到保俶塔旁边的山巅上，雷峰塔后面的荒野中。我们坐在无人迹的地方，一面看云，一面嚼面包。临去的时候，他拿出两个铜板来放在一块大岩石上，说下次来取它。过了两三星期，我们重游其地，看见铜板已经发青，照原状放在石头上，我们何等喜欢赞叹！他对我说："这里是我们的钱库，我们以天地为室庐。"我当时虽然仍是一个庸愚无知的小学生，自己没有一点的创见，但对于他这种奇特、新颖而卓拔不群的举止言语，亦颇有鉴赏的眼识，觉得他的一举一动对我都有很大的吸引力，使我不知不觉地倾向他，追随他。然而命运已不肯再延长我们的交游了。

我们的体操先生似乎是一个军界出身的人，我们校里有百余支很重的毛瑟枪。负了这种枪而上兵式体操课，是我所最怕而伯豪所最嫌恶的事。关于这兵式体操，我现在回想起来背脊上还可以出汗。特别因为我的腿构造异常，臀部不能坐在脚踵上，跪击时竭力坐下去，疼痛得很，而相差还有寸许——后来我到东京时，也曾吃这腿的苦，我坐在席上时不能照日本人的礼仪，非箕踞不可。——那体操先生虽然是兵官出身，幸而不十分凶。看我真果跪不下去，颇能原谅我，不过对我说："你必须常常练习，跪击是很重要的。"后来他请了一个助教来，这人完全是一个兵，把我们都当作兵看待。说话都是命令的口气，而且凶得很。他见我跪击时比别人高出一段，就不问情由，走到我后面，用腿垫住了我的背部，用两手在我的肩上尽力按下去。我痛得当不住，连枪连人倒在地上。又有一次他叫"举枪"，我正在出神想什么事，忘记听了号令，并不举枪。他厉声叱我："第十三！耳朵不生？"我听了这叱声，最初的冲动想拿这老毛瑟枪的柄去打脱这兵的头，其次想抛弃了枪跑走，但最后终于举了枪。"第十三"这称呼我已觉得讨厌，"耳朵不生？"更是粗恶可憎。但是照当时的形势，假如我认真打了他的头或投枪而去，他一定和我对打，或用武力拦阻我，而同学中一定不会有人来帮我。因为这虽然是一个兵，但也是我们的师长，对于我们也有扣分，记过，开除，追缴学费等权柄。这样太平的世界，谁肯为了我个人的事而犯上作乱，冒自己的险呢！我充分看出了这形势，终于忍气吞声地举了枪，幸而伯豪这时候已久不上体操课了，没有讨着这兵的气。

不但如此，连别的一切他所不欢喜的课都不上了。同学的劝导，先生的查究，学监舍监的训诫，丝毫不能动他。他只管读自己的《史记》《汉书》。于是全校中盛传"杨家儁神经病了"。窗外经过的人，大都停了足，装着鬼脸，窥探这神经病者的举动。我听了大众的舆论，心中也疑虑，"伯豪不要真果神经病了？"

不久暑假到了。散学前一天，他又同我去跑山。归途上突然对我说："我们这是最后一次的游玩了。"我惊异地质问这话的由来，才知道他已决心脱离这学校，明天便是我们的离别了。我的心绪非常紊乱：我惊讶他的离去的匆遽，可惜我们的交游的告终，但想起了他在学校里的境遇，又庆幸他从此可以解脱了。

是年秋季开学，校中不复有伯豪的影踪了。先生们少了一个赘累，同学们少了一个笑柄，学校似乎比前安静了些。我少了一个私淑的同学，虽然仍旧战战兢兢地度送我的恐惧而服从的日月，然而一种对于学校的反感，对于同学的嫌恶，和对于学生生活的厌倦，在我胸中日渐堆积起来了。

此后十五年间，伯豪的生活大部分是做小学教师。我对他的交情，除了我因谋生之便而到余姚的小学校里去访问他一二次之外，止于极疏的通信，信中也没有什么话，不过略叙近状，及寻常的问候而已。我知道在这十五年间，伯豪曾经结婚，有子女，为了家庭的负担而在小学教育界奔走求生，辗转任职于余姚各小学校中。中间有一次曾到上海某钱庄来替他们写信，但不久仍归于小学教师。我二月十二日结婚的那一年，他做了几首贺诗寄送我。我还记得其第一首是"花好花朝日，月圆月半天。鸳鸯三日后，浑不羡神仙"。抵制日本的那一年，他有喻扶桑的叱蚊四言诗寄送我，其最初的四句是"嗟尔小虫，胡不自量？人能伏龙，尔乃与抗！"又记得我去访问他的时候，谈话之间，我何等惊叹他的志操的弥坚与风度的弥高，此外又添上了一层沉着！我心中涌起种种的回想，不期地说出："想起从前你与我同学的一年中的情形……真是可笑！"他摇着头微笑，后来他叹一口气，说道："现在何尝不可笑呢；我总是这个我。……"他下课后，陪我去游余姚的山。途中他突然对我说道："我们再来无目的地漫跑？"他的脸上忽然现出一种梦幻似的笑容。我也努力唤回儿时的心情，装作欢喜赞成。然而这热烈的兴采的出现真不过片刻，过后仍旧只有两条为尘劳所伤的疲乏的躯干，极不自然地移行在山脚下的小路上。仿佛一只久已死去而还未完全冷却的鸟，发出一个最后的颤动。

今年的暮春，我忽然接到育初寄来的一张明片。"子恺兄：杨君伯豪于十八年三月十二日上午四时半逝世。特此奉闻。范育初白。"后面又有小字附注："初以其夫人分娩，雇一佣妇，不料此佣妇已患喉痧在身，转辗传染，及其子女。以致一女（九岁）一子（七岁）相继死亡。伯豪忧伤之余，亦罹此疾，遂致不起。痛哉！知兄与彼交好，故为缕述之。又及。"我读了这明片，心绪非常紊乱：我惊讶他的死去的匆遽；可惜我们的尘缘的告终；但想起了在世的境遇，又庆幸他从此可以解脱了。

后来舜五也来信，告诉我伯豪的死耗，并且发起为他在余姚教育会开追悼会，征求我的吊唁。泽民[①]从上海回余姚去办伯豪的追悼会。我准拟托他带一点挽祭的联额去挂在伯豪的追悼会中，以结束我们的交情。但这实在不能把我的这紊乱的心绪整理为韵文或对句而作为伯豪的灵前的装饰品，终于让泽民空手去了。伯豪如果有灵，我想他不会责备我的不吊，也许他嫌恶这追悼会，同他学生时代的嫌恶分数与等第一样。

世间不复有伯豪的影踪了。自然界少了一个赘累，人类界少了一个笑柄，世间似乎比从前安静了些。我少了这个私淑的朋友，虽然仍旧战战兢兢地在度送我的恐惧与服从的日月，然而一种对于世间的反感，对于人类的嫌恶，和对于生活的厌倦，在我胸中日渐堆积起来了。

1929年7月24日于缘缘堂

《小说月报》第20卷第11号（1929年11月10日）

[①] 指沈泽民。

门前双松终岁青

随感十三则

一

花台里生出三枝扁豆秧来。我把它们移种到一块空地上,并且用竹竿搭一个棚,以扶植它们。每天清晨为它们整理枝叶,看它们欣欣向荣,自然发生一种兴味。

那蔓好像一个触手,具有可惊的攀缘力。但究竟因为不生眼睛,只管盲目地向上发展,有时会钻进竹竿的裂缝里,回不出来,看了令人发笑。有时一根长条独自脱离了棚,颤袅地向空中伸展,好像一个摸不着壁的盲子,看了又很可怜。这等时候便需我去扶助。扶助了一个月之后,满棚枝叶婆娑,棚下已堪纳凉闲话了。

有一天清晨,我发现豆棚上忽然有了大批的枯叶和许多软垂的蔓,惊奇得很。仔细检查,原来近地面处一支总干,被不知甚么东西伤害了。未曾全断,但不绝如缕。根上的养分通不上去,凡属这总干的枝叶就全部枯萎,眼见得这一族快灭亡了。

这状态非常凄惨,使我联想起世间种种的不幸。

二

有一种椅子,使我不易忘记:那坐的地方,雕着一只屁股的模子,中间还有一条凸起,坐时可把屁股精密地装进模子中,好像浇塑石膏模型一般。

大抵中国式的器物,以形式为主,而用身体去迁就形式。故椅子的靠背与坐板成九十度角,衣服的袖子长过手指。西洋式的器物,则以身体的实用为主,形式即由实用产生。故缝西装须量身体,剪刀柄上的两个洞,也完全依照手指的横断面的形状而制造。那种有屁股模子的椅子,显然是西洋风的产物。

但这已走到西洋风的极端,而且过分了。凡物过分必有流弊。像这种椅子,究竟不合实用,又不雅观。我每次看见,常误认它为一种刑具。

三

散步中,在静僻的路旁的杂草间拾得一个很大的钥匙。制造非常精致而坚牢,似是巩固的大洋箱上的原配。不知从何人的手中因何缘而落在这杂草中的?我未被"路不拾遗"之化,又不耐坐在路旁等候失主的来寻;但也不愿把这个东西藏进自己的袋里去,就擎在手中走路,好像采得了一朵野花。

我因此想起《水浒》中五台山上挑酒担者所唱的歌:"九里山前作战场,牧童拾得旧刀枪……"这两句怪有意味。假如我做了那个牧童,拾得旧刀枪时定有无限的感慨:不知那刀枪的柄曾经受过谁人的驱使?那刀枪的尖曾经吃过谁人的血肉?

又不知在它们的活动之下,曾经害死了多少人之性命。

也许我现在就同"牧童拾得旧刀枪"一样。在这个大钥匙塞在大洋箱键孔中时的活动之下,也曾经害死过不少人的性命,亦未可知。

四

发开十年前堆塞着的一箱旧物来,一一检视,每一件东西都告诉我一段旧事。我仿佛看了一幕自己为主角的影戏。

结果从这里面取出一把油画用的调色板刀,把其余的照旧封闭了,塞在床底下。但我取出这调色板刀,并非想描油画。是利用它来切芋艿,削萝卜吃。

这原是十余年前我在东京的旧货摊上买来的。它也许曾经跟随名贵的画家,指挥高价的油画颜料,制作出帝展一等奖的作品来博得沸腾的荣誉。现在叫它切芋艿,削萝卜,真是委屈了它。但芋艿,萝卜中所含的人生的滋味,也许比油画中更为丰富,让它尝尝罢。

五

十余年前有一个时期流行用紫色的水写字。买三五个铜板洋青莲,可泡一大瓶紫水,随时注入墨匣,有好久可用。我也用过一会,觉得这固然比磨墨简便。但我用了不久就不用,我嫌它颜色不好,看久了令人厌倦。

后来大家渐渐不用,不久此风便熄。用不厌的,毕竟只有黑和蓝两色:东洋人写字用黑。黑由红黄蓝三原色等量混和而成,三原色具足时,使人起安定圆满之感。因为世间一切色彩

—247—

皆由三原色产生，故黑色中包含着世间一切色彩了。西洋人写字用蓝，蓝色在三原色中为寒色，少刺激而沉静，最可亲近。故用以写字，使人看了也不会厌倦。

紫色为红蓝两色合成。三原色既不具足，而性又刺激，宜其不堪常用。但这正是提倡白话文的初期，紫色是一种蓬勃的象征，并非偶然的。

六

孩子们对于生活的兴味都浓。而这个孩子特甚。

当他热中于一种游戏的时候，吃饭要叫到五六遍才来，吃了两三口就走，游戏中不得已出去小便，常常先放了半场，勒住裤腰，走回来参加一歇游戏，再去放出后半场。看书发现一个疑问，立刻捧了书来找我，茅坑间里也会找寻过来。得了解答，拔脚便走，常常把一只拖鞋遗剩在我面前的地上而去。直到划袜走了七八步方才觉察，独脚跳回来取鞋。他有几个星期热中于搭火车，几个星期热中于着象棋，又有几个星期热中于查《王云五大词典》，现在正热中于捉蟋蟀。但凡事兴味一过，便置之不问。无可热中的时候，镇日没精打彩，度日如年，口里叫着"饿来！饿来！"其实他并不想吃东西。

七

有一回我画一个人牵两只羊，画了两根绳子。有一位先生教我："绳子只要画一根。牵了一只羊，后面的都会跟来。"我恍悟自己阅历太少。后来留心观察，看见果然：前头牵了一只羊走，后面数十只羊都会跟去。无论走向屠场，没有一只羊肯离群众而另觅生路的。

后来看见鸭也如此。赶鸭的人把数百只鸭放在河里,不须用绳子系住,群鸭自能互相追随,聚在一块。上岸的时候,赶鸭的人只要赶上一二只,其余的都会跟了上岸。无论在四通八达的港口,没有一只鸭肯离群众而走自己的路的。

牧羊的和赶鸭的就利用它们这模仿性,以完成他们自己的事业。

八

每逢赎得一剂中国药来,小孩们必然聚拢来看拆药。每逢打开一小包,他们必然惊奇叫喊。有时一齐叫道:"啊!一包瓜子!"有时大家笑起来:"哈哈!四只骰子!"有时惊奇得很:"咦!这是洋团团的头发呢?"又有时吓了一跳:"啊唷!许多老蝉!"……病人听了这种叫声,可以转颦为笑。自笑为什么生了病要吃瓜子,骰子,洋团团的头发,或老蝉呢?看药方也是病中的一种消遣。药方前面的脉理大都乏味;后面的药名却怪有趣。这回我所服的,有一种叫做"知母",有一种叫做"女贞",名称都很别致。还有"银花","野蔷薇",好像新出版的书的名目。

吃外国药没有这种趣味。中国数千年来为世界神秘风雅之国,这特色在一剂药里也很显明地表示着,来华考察的外国人,应该多吃几剂中国药回去。

九

《项脊轩记》里归熙甫描写自己闭户读书之久,说"能以足音辨人"。我近来卧病之久,也能以足音辨人。房门外就是扶梯,人在扶梯上走上走下,我不但能辨别各人的足音,又能在一人的足音中辨别其所为何来。"这会是徐妈送药来了?"果然。"这会是五官送报纸来了?"果然。

记得从前寓居在嘉兴时,大门终日关闭。房屋进深,敲门不易听见,故在门上装一铃索。来客拉索,里面的铃响了,人便出来开门。但来客极稀,总是这几个人。我听惯了,也能以铃声辨人,时有一种顽童或闲人经过门口,由于手痒或奇妙的心理,无端把铃索拉几下就逃,开门的人白跑了好几回;但以后不再上当了。因为我能辨别他们的铃声中含有仓皇的音调,便置之不理了。

十

盛夏的某晚,天气大热,而且奇闷。院子里纳凉的人,每人隔开数丈,默默地坐着摇扇。除了扇子的微音和偶发的呻吟声以外,没有别的声响。大家被炎威压迫得动弹不得,而且不知所云了。

这沉闷的静默继续了约半小时之久。墙外的弄里一个嘹亮清脆而有力的叫声,忽然来打破这静默:"今夜好热!啊咦——好热!"

院子里的人不期地跟着他叫:"好热!"接着便有人起来行动,或者起立,或者欠伸,似乎大家出了一口气。炎威也似乎被这喊声喝退了些。

十一

尊客降临，我陪他们吃饭往往失礼。有的尊客吃起饭来慢得很：一粒一粒地数进口去。我则吃两碗饭只消五六分钟，不能奉陪。

我吃饭快速的习惯，是小时在寄宿学校里养成的。那校中功课很忙，饭后的时间要练习弹琴。我每餐连盥洗只限十分钟了事，养成了习惯。现在我早已出学校，可以无须如此了，但这习惯仍是不改。我常自比于牛的反刍：牛在山野中自由觅食，防猛兽迫害，先把草囫囵吞入胃中，回洞后再吐出来细细嚼食，养成了习惯。现在牛已被人关在家里喂养，可以无须如此了，但这习惯仍是不改。

据我推想，牛也许是恋慕着野生时代在山中的自由，所以不肯改去它的习惯的。

十二

新点着一支香烟，吸了三四口，拿到痰盂上去敲烟灰。敲得重了些，雪白而长长的一支大美丽香烟翻落在痰盂中，"吱"地一声叫，溺死在污水里了。

我向痰盂怅望，嗟叹了两声，似有"一失足成千古恨"之感。我觉得这比丢弃两个铜板肉痛得多。因为香烟经过人工的制造，且直接有惠于我的生活。故我对于这东西本身自有感情，与价钱无关。两角钱可买二十包火柴。照理，丢掉两角钱同焚去二十包火柴一样。但丢掉两角钱不足深惜，而焚去二十包火柴人都不忍心做。做了即使别人不说暴殄天物，自己也对不起火柴。

十三

一位开羊行的朋友为我谈羊的话。据说他们行里有一只不杀的老羊,为它颇有功劳:他们在乡下收罗了一群羊,要装进船里,运往上海去屠杀的时候,群羊往往不肯走上船去。他们便牵这老羊出来。老羊向群羊叫了几声,奋勇地走到河岸上,蹲身一跳,首先跳入船中。群羊看见老羊上船了,便大家模仿起来,争先恐后地跳进船里去。等到一群羊全部上船之后,他们便把老羊牵上岸来,仍旧送回棚里。每次装羊,必须央这老羊引导。老羊因有这点功劳,得保全自己的性命。

我想,这不杀的老羊,原来是该死的"羊奸"。

1933 年 9 月

六、无常之恸

西方三圣

无常之恸

关于"人生无常"的话，我们在古人的书中常常读到，在今人的口上又常常听到。倘然你无心地读，无心地听，这些话都是陈腐不堪的老生常谈。但倘然你有心地读，有心地听，它们就没有一字不深深地刺入你的心中。

无常之恸，大概是宗教启信的出发点吧。一切慷慨的，忍苦的，慈悲的，舍身的，宗教的行为，皆建筑在这一点心上。故佛教的要旨，被包括在这个十六字偈内："诸行无常，是生灭法。生灭灭已，寂灭为乐。"这里下二句是佛教所特有的人生观与宇宙观，不足为一般人道；上两句却是可使谁都承认的一般公理，就是宗教启信的出发点的"无常之恸"。这种感情特强起来，会把人拉进宗教信仰中。但与宗教无缘的人，即使反宗教的人，其感情中也常有这种分子在那里活动着，不过强弱不同耳。

在醉心名利的人，如多数的官僚，商人，大概这点感情最弱。他们仿佛被荣誉及黄金蒙住了眼，急急忙忙地拉到鬼国里，在途中毫无认识自身的能力与余暇了。反之，在文艺者，尤其是诗人，尤其是中国的诗人，更尤其是中国古代的诗人，大概这点感情最强，引起他们这种感情的，大概是最能暗示生灭相的自然状态，例如春花，秋月，以及衰荣的种种变化。他们见了这些小小的变化，便会想起自然的意图，宇宙的秘密，以及人生的根柢，因而兴起无常之恸。在他们的读者——至少在我一个读者——往往觉到这些部分最可感动，最易共鸣。因为在人生的一切叹愿——如惜别，伤逝，失恋，辗轲等——中，没有比无常更普遍地为人人所共感的了。

《法华经》偈云："诸法从本来，常示寂灭相。春至百花开，黄莺啼柳上。"这几句包括了一切诗人的无常之叹的动机。原来春花是最雄辩地表出无常相的东西。看花而感到绝对的喜悦的，只有醉生梦死之徒，感觉迟钝的痴人，不然，佯狂的乐天家。凡富有人性而认真的人，谁能对于这些昙花感到真心的满足？谁能不在这些泡影里照见自身的姿态？古诗十九首中有云："伤彼蕙兰花，含英扬光辉。过时而不采，将随秋草萎。"大概是借花叹惜人生无常之滥觞。后人续弹此调者甚多。最普通传诵的，如：

劝君莫惜金缕衣，劝君惜取少年时。花开堪折直须折，莫待无花空折枝！（李锜）
今年花似去年好，去年人到今年老。始知人老不如花，

可惜落花君莫扫！（下略）（岑参）

一月主人笑几回？相逢相值且衔杯！眼看春色如流水，今日残花昨日开！（崔惠童）

梁园日暮乱飞鸦，极目萧条三两家。庭树不知人去尽，春来还发旧时花。（岑参）

越王宫里似花人，越水溪头采白蘋。白蘋未尽人先尽，谁见江南春复春？（阙名）

慨惜花的易谢，妒羡花的再生，大概是此类诗中最普通的两种情怀。像"春风欲劝座中人，一片落红当眼堕。""年年岁岁花相似，岁岁年年人不同。"便是用一两句话明快地道破这种情怀的好例。

最明显地表示春色，最力强地牵惹人心的杨柳，自来为引人感伤的名物。桓温的话是一个很好的证例："昔年移植，依依汉南。今看摇落，凄怆江潭。树犹如此，人何以堪？"在纸上读了这几句文句，已觉恻然于怀；何况亲眼看见其依依与凄怆的光景呢？唐人诗中，借杨柳或类似的树木为兴感之由，而慨叹人事无常的，不乏其例，亦不乏动人之力。像：

江风霏霏江草齐，六朝如梦鸟空啼。无情最是台城柳，依旧烟笼十里堤。（韦庄）

炀帝行宫汴水滨，数株残柳不胜春。晚来风起花如雪，飞入宫墙不见人。（刘禹锡）

梁苑隋堤事已空，万条犹舞旧春风。那堪更想千年后，谁见杨华入汉宫？（韩琮）

入郭登桥出郭船，红楼日日柳年年。君王忍把平陈业，只换雷塘数亩田？（罗隐，《炀帝陵》）

三十年前此院游，木兰花发院新修。如今再到经行处，树老无花僧白头。（王播）

汾阳旧宅今为寺，犹有当时歌舞楼。四十年来车马散，古槐深巷暮蝉愁。（张籍）

门前不改旧山河，破房曾经马伏波。今日独经歌舞地，古槐疏冷夕阳多。（赵嘏）

凡自然美皆能牵引有心人的感伤，不独花柳而已。花柳以外，最富于此种牵引力的，我想是月。因月兴感的好诗之多，不胜屈指。把记得起的几首写在这里：

山围故国周遭在，潮打空城寂寞回。淮水东边旧时月，夜深还过女墙来。（刘禹锡，《石头城》）

草遮回磴绝鸣鸾，云树深深碧殿寒。明月自来还自去，更无人倚玉栏杆。（崔橹，《华清宫》）

旧苑荒台杨柳新，菱歌清唱不胜春。只今唯有西江月，曾照吴王宫里人。（李白，《苏台》）

暮云收尽溢清寒，银汉无声转玉盘。此生此夜不长好，明月明年何处看？（杜牧之[①]，《中秋》）

[①] 杜牧之，应为苏轼。此处为作者笔误。

独上江楼思悄然，月光如水水如天。同来玩月人何在？风景依稀似去年。（赵嘏，《江楼书怀》）

由花柳兴感的，有以花柳自况之心，此心常转变为对花柳的怜惜与同情。由月兴感的，则完全出于妒羡之心，为了它终古如斯地高悬碧空，而用冷眼对下界的衰荣生灭作壁上观。但月的感人之力，一半也是夜的环境所助成的。夜的黑暗能把外物的诱惑遮住，使人专心于内省，耽于内省的人，往往慨念无常，心生悲感。更怎禁一个神秘幽玄的月亮的挑拨呢？故月明人静之夜，只要是敏感者，即使其生活毫无忧患而十分幸福，也会兴起惆怅。正如唐人诗所云："小院无人夜，烟斜月转明。清宵易惆怅，不必有离情。"

与万古常新的不朽的日月相比较，下界一切生灭，在敏感者的眼中都是可悲哀的状态。何况日月也不见得是不朽的东西呢？人类的理想中，不幸而有了"永远"这个幻象，因此在人生中平添了无穷的感慨。所谓"往事不堪回首"的一种情怀，在诗人——尤其是中国古代诗人——的笔上随时随处地流露着。有人反对这种态度，说是逃避现实，是无病呻吟，是老生常谈。不错，有不少的旧诗作者，曾经逃避现实而躲入过去的憧憬中或酒天地中；有不少的皮毛诗人曾经学了几句老生常谈而无病呻吟。然而真从无常之恸中发出来的感怀的佳作，其艺术的价值永远不朽——除非人生是永远朽的。会朽的人，对于眼前的衰荣兴废岂能漠然无所感动？"笙歌归院落，灯火下楼台。"这一点小暂的衰歇之象,已足使履霜坚冰的敏感者兴起无穷之慨;已足使顿悟的智慧者痛悟无常呢!这里我又想起的有四首好诗:

"寥落故行宫,宫花寂寞红。白头宫女在,闲坐说玄宗。"
"朱雀桥边野草花,乌衣巷口夕阳斜。旧时王谢堂前燕,飞入寻常百姓家。"
"越王勾践破吴归,战士还家尽锦衣。宫女如花满春殿,只今唯有鹧鸪飞。"
"伤心欲问南朝事,唯见江流去不回。日暮东风春草绿,鹧鸪飞上越王台。"

　　这些都是极通常的诗,我幼时曾经无心地在私塾学童的无心的口上听熟过。现在它们却用了一种新的力而再现于我的心头。人们常说平凡中寓有至理。我现在觉得常见的诗中含有好诗。

　　其实"人生无常",本身是一个平凡的至理。"回黄转绿世间多,后来新妇变为婆。"这些回转与变化,因为太多了,故看作当然时便当然而不足怪。但看作惊奇时,又无一不可惊奇。关于"人生无常"的话,我们在古人的书中常常读到,在今人的口上又常常听到。倘然你无心地读,无心地听,这些话都是陈腐不堪的老生常谈。但倘然你有心地读,有心地听,它们就没有一字不深深地刺入你的心中。古诗中有着许多痛快地咏叹"人生无常"的话；古诗十九首中就有了不少：

"人生寄一世，奄忽若飙尘。何不策高足，先据要路津？"

"浩浩阴阳移，年命如朝露。人生忽如寄，寿无金石固。万岁更相送，圣贤莫能度。"

"青青陵上柏，磊磊涧中石。人生天地间，忽如远行客。"

"人生非金石，岂能长寿考？奄忽随物化，荣名以为宝。"

此外我能想起也很多：

对酒当歌，人生几何？譬如朝露，去日苦多。（魏武帝）

惊风飘白日，光景驰西流。盛时不可再，百年忽我遒。生存华屋处，零落归山丘。（曹植）

置酒高堂，悲歌临觞。人寿几何？逝如朝霜。时无重至，华不再阳。（陆机）

欢乐极兮哀情多，少壮几时兮奈老何！（汉武帝）

采采荣木，结根于兹。晨耀其花，夕已丧之。人生若寄，憔悴有时。静心孔念，中心怅而。（陶潜）

朝为媚少年，夕暮成丑老。自非王子晋，谁能常美好？（阮籍）

君不见黄河之水天上来，奔流到海不复回？君不见高堂明镜悲白发，朝如青丝暮成雪？（李白）

白日何短短，百年苦易满。苍穹浩茫茫，万劫太极长。麻姑垂两鬓，一半已成霜。天公见玉女，大笑亿千场。吾欲揽六龙，回车挂扶桑。北斗酌美酒，劝龙各一觞。富贵非所愿，为人驻颜光。（李白）

美人为黄土,况乃粉黛假。当时侍金舆,故物独石马。忧来藉草坐,浩歌泪盈把。冉冉问征途,谁是长年者?(杜甫)

青山临黄河,下有长安道。世上名利人,相逢不知老。(孟郊)

这些话,何等雄辩地向人说明"人生无常"之理!但在世间,"相逢不知老"的人毕竟太多,因此这些话都成了空言。现世宗教的衰颓,其原因大概在此。现世缺乏慷慨的,忍苦的,慈悲的,舍身的行为,其原因恐怕也在于此。

1935 年 12 月 26 日,曾登《宇宙风》

弘一法师

我与弘一法师

——卅七年十一月廿八日在厦门佛学会讲

我十七岁入杭州浙江第一师范，廿一岁毕业以后没有升学。我受中等学校以上学校教育，只此五年。这五年间，弘一法师，那时称为李叔同先生，便是我的图画音乐教师。图画音乐两科，在现在的学校里是不很看重的，但是奇怪得很，在当时我们的那间浙江第一师范里，看得比英、国、算还重。我们有两个图画专用的教室，许多石膏模型，两架钢琴，五十几架风琴。我们每天要花一小时去练习图画，花一小时以上去练习弹琴。大家认为当然，恬不为怪，这是什么原故呢？因为李先生的人格和学问，统制了我们的感情，折服了我们的心。他从来不骂人，从来不责备人，态度谦恭，同出家后完全一样，然而个个学生真心的怕他，真心的学习他，真心的崇拜他。我便是其中之一人。因为就人格讲，他的当教师不为名利，为当教师而当教师，用全副精力去当教师。就学问讲,他博学多能,其国文比国文先生更高,其英文比英文先生更高,其历史比历史先生更高,其常识比博物先生更富,又是书法金石的专家,中国话剧的鼻祖。他不是只能教图画音乐,他是拿许多别的学问为背景而教他的图画音乐。夏丏尊先生曾经说,"李先生的教师,是有后光的。"像佛菩萨那样有后光,怎不教人崇拜呢?而我的崇拜他,更甚于他人。大约是我的气质与李先生有一点相似,凡他所欢喜的,我都欢喜。我在师范学校,一二年级都考第一名;三年级以后忽然降到第二十名,因为我旷废了许多师范生的功课,而专心于李先生所喜的文学艺术,一直到毕业。毕业后我无力升大学,借了些钱到日本去游玩,没有进学校,看了许多画展,听了许多音乐会,买了许多文艺书,一年后回国,一方面当教师,一方面埋头自习,一直自习到现在,对李先生的艺术还是迷恋不舍。李先生早已由艺术而升华到宗教而成正果,而我还彷徨在艺术宗教的十字街头,自己想想,真是一个不肖的学生。

他怎么由艺术升华到宗教呢?当时人都诧异,以为李先生受了什么刺激,忽然"遁入空门"了。我却能理解他的心,我认为他的出家是当然的。我以为人的生活,可以分作三层:一是物质生活,二是精神生活,三是灵魂生活。物质生活就是衣食。精神生活就是学术文艺。灵魂生活就是宗教。"人生"就是这样的一个三层楼。懒得(或无力)走楼梯的,就住在第一层,即把物质生活弄得很好,锦衣玉食,尊荣富贵,孝子慈孙,这样就满足了。这也是一种人生观。抱这样的人生观的人,在世间占大多数。其次，高兴（或有力）走楼梯的，就爬上二层楼去玩玩，或者久居在里头。这就是专心学术文艺的人。他们把全力贡献于学问的研究，把全心寄托于文艺的创作和欣赏。这样的人，在世间也很多，即所谓"知识分子"，"学者"，"艺术家"。还有一种人，"人生欲"很强，脚力很大，对二层楼还不满足，就再走楼梯，爬上三层楼去。这就是宗教徒了。他们做人很认真，满足了"物质欲"还不够，满足了"精神欲"还不够，必须探求人生的究竟。他们以为财产子孙都是身外之物，学术文艺都是暂时的美景，连自己的身体都是虚幻的存在。他们不肯做本能的奴隶，必须追究灵魂的来源，宇宙的根本，这才能满足他们的"人生欲"。这就是宗教徒。世间就不过这三种人。我虽用三层楼为比喻，但并非必须从第一层到第二层，然后得到第三层。有很多人，从第一层直上第三层，并不需要在第二层勾留。还有许多人连第一层也不住，一口气跑上三层楼。不过我们的弘一法师，是一层一层的走上去的。弘一法师的"人生欲"非常之强！他的做人，一定要做得彻底。他早年对母尽孝，对妻子尽爱，安住在第一层楼中。中年专心研究艺术，发挥多方面的天才，便是迁居在二层楼了。强大的"人生欲"不能使他满足于二层楼，于是爬上三层楼去，做和尚，修净土，研戒律，这是当然的事，毫不足怪的。做人好比喝酒；酒量小的，喝一杯花雕酒已经醉了，酒量大的，喝花雕嫌淡，必须喝高粱酒才能过瘾。文艺好比是花雕，宗教好比是高粱。弘一法师酒量很大，喝花雕不能过瘾，必须喝高粱。我酒量很小，只能喝花雕,难得喝一口高粱而已。但喝花雕的人,颇能理解喝高粱者的心。故我对于弘一法师的由艺术升华到宗教,一向认为当然,毫不足怪的。

艺术的最高点与宗教相接近。二层楼的扶梯的最后顶点就是三层楼,所以弘一法师由艺术升华到宗教,是必然的事。弘一法师在闽中,留下不少的墨宝。这些墨宝,在内容上是宗教的,在形式上是艺术的——书法。闽中人士久受弘一法师的熏陶,大都富有宗教信仰及艺术修养。我这初次入闽的人,看见这情形,非常歆羡,十分钦佩!

前天参拜南普陀寺,承广洽法师的指示,瞻观弘一法师的故居及其手种杨柳,又看到他所创办的佛教养正院。广义法师要我为养正院书联,我就集唐人诗句:"须知诸相皆非相,能使无情尽有情",写了一副。这对联挂在弘一法师所创办的佛教养正院里,我觉得很适当。因为上联说佛经,下联说艺术,很可表明弘一法师由艺术升华到宗教的意义。艺术家看见花笑,听见鸟语,举杯邀明月,开门迎白云,能把自然当作人看,能化无情为有情,这便是"物我一体"的境界。更进一步,便是"万法从心"、"诸相非相"的佛教真谛了。故艺术的最高点与宗教相通。最高的艺术家有言:"无声之诗无一字,无形之画无一笔。"可知吟诗描画,平平仄仄,红红绿绿,原不过是雕虫小技,艺术的皮毛而已,艺术的精神,正是宗教的。古人云:"文章一小技,于道未为尊。"又曰:"太上立德,其次立言。"弘一法师教人,亦常引用儒家语:"士先器识而后文艺。"所谓"文章","言","文艺",便是艺术,所谓"道","德","器识",正是宗教的修养。宗教与艺术的高下重轻,在此已经明示,三层楼当然在二层楼之上的。

我脚力小,不能追随弘一法师上三层楼,现在还停留在二层楼上,斤斤于一字一笔的小技,自己觉得很惭愧。但亦常常勉力爬上扶梯,向三层楼上望望。故我希望:学宗教的人,不须多花精神去学艺术的技巧,因为宗教已经包括艺术了。而学艺术的人,必须进而体会宗教的精神,其艺术方有进步。久驻闽中的高僧,我所知道的还有一位太虚法师。他是我的小同乡,从小出家的。他并没有弄艺术,是一口气跑上三层楼的。但他与弘一法师,同样地是旷世的高僧,同样地为世人所景仰。可知在世间,宗教高于一切。在人的修身上,器识重于一切。太虚法师与弘一法师,异途同归,各成正果。文艺小技的能不能,在大人格上是毫不足道的。我愿与闽中人士以二法师为模范而共同勉励。

《京沪周刊》第2卷第49期(1948年12月12日)

南无本师释迦牟尼佛

为青年说弘一法师

弘一法师于去年十月十三日在泉州逝世,至今已有五个多月。傅彬然先生曾有关于他的一篇文章登在本刊上,而我却沉默了五个多月,至今才写这篇文字。许多人来信怪我,以为我对于弘一法师关系较深,何以他死了我没有一点表示。有的人还来信向我要关于弘一法师的死的文字,以为我一定在发起追悼大会,或者编印纪念刊物,为法师装"哀荣"的。其实全无此事。我接到泉州开元寺性常师打来的报告法师"生西"(就是往生西方,就是死)的电报时,正是去年十月十八日早晨,我正在贵州遵义的寓楼中整理行装,要把全家迁到重庆去。当时坐在窗下沉默了几十分钟,发了一个愿:为法师造像(就是画像)一百尊,分寄各省信仰他的人,勒石立碑,以垂永久。预定到重庆后动笔。发愿毕,依旧吃早粥,整行装,觅车子。

弘一法师是我的老师,而且是我生平最崇拜的人。如此说来,我岂不太冷淡了吗?但我自以为并不。我敬爱弘一法师,我希望他在这世间久住。但我确定弘一法师必有死的一日。因为他是"人"。不过死的时日迟早不得而知。我时时刻刻防他死，同时时刻刻防我自己死一样。他的死是我意中事，并不出于意料之外。所以我接到他的死的电告，并不惊惶，并不恸哭。老实说，我的惊惶与恸哭，在确定他必有死的一日之前早已在心中默默地做过了。

我去冬迁居重庆，忙着人事及疾病，到今年一月方才有工夫动笔作画。一月中，我实行我的前愿，为弘一法师造像。连作十尊，分寄福建、河南诸信士。还有九十尊，正在接洽中，定当后续作。为欲勒石，用线条描写，不许有浓淡光影。所以不容易描得像。幸而法师的线条画像，看的人都说"像"。大概是他的相貌不凡，特点容易捉住之故。但是还有一个原因：他在我心目中印象太深之故。我自己觉得，为他画像的时候，我的心最虔诚，我的情最热烈，远在惊惶恸哭及发起追悼会、出版纪念刊物之上。其实百年之后，刻像会模糊起来，石碑会破烂的。千万年之后，人类会绝灭，地球会死亡的。人间哪有绝对"永久"的事！我的画像勒石立碑，也不过比惊惶恸哭、追悼会、纪念刊稍稍永久一点而已。

读了傅彬然先生的文章之后，我也想来为读者谈谈，就写这篇文章。①

距今二十九年前，我十七岁的时候，最初在杭州贡院的浙

---

① 文首至此的四段，在编入1957年版《缘缘堂随笔》时被作者删去。

江省立第一师范学校里见到李叔同先生（即弘一法师）。那时我是预科生，他是我们的音乐教师。一年中我见他的次数不多。因为他常常请假。走廊上玻璃窗中请假栏内，"音乐李师"一块牌子常常摆着。他不请假的时候，①我们上他的音乐课，有一种特殊的感觉：严肃。摇过预备铃，我们走向音乐教室（这教室四面临空，独立在花园里，好比一个温室）。推进门去，先吃一惊：李先生早已端坐在讲台上。以为先生还没有到而嘴里随便唱着、喊着、或笑着、骂着而推进门去的同学，吃惊更是不小。他们的唱声、喊声、笑声、骂声以门槛为界限而忽然消灭。接着是低着头，红着脸，去端坐在自己的位子里。端坐在自己的位子里偷偷地仰起头来看看，看见李先生的高高的瘦削的上半身穿着整洁的黑布马褂，露出在讲桌上，宽广得可以走马的前额，细长的凤眼，隆正的鼻梁，形成威严的表情。扁平而阔的嘴唇两端常有深涡，显示和爱的表情。这副相貌，用"温而厉"三个字来描写，大概差不多了。讲桌上放着点名簿、讲义，以及他的教课笔记簿、粉笔。钢琴衣解开着，琴盖开着，谱表摆着，琴头上又放着一只时表，闪闪的金光直射到我们的眼中。黑板（是上下两块可以推动的）上早已清楚地写好本课内所应写的东西（两块都写好，上块盖着下块，用下块时把上块推开）。在这样布置的讲台上，李先生端坐着。坐到上课铃响出（后来我们知道他这脾气，上音乐课必早到。故上课铃响

---

① 从"一年中……"至此的几句，编入1957年版《缘缘堂随笔》时被作者删去。

时,同学早已到齐),他站起身来,深深地一鞠躬,课就开始了。这样地上课,空气严肃得很。

有一个人上音乐课时不唱歌而看别的书,有一个人上音乐课时吐痰在地板上,以为李先生不看见的,其实他都知道。但他不立刻责备,等到下课后,他用很轻而严肃的声音郑重地说:"某某等一等出去。"于是这位某某同学只得站着。等到别的同学都出去了,他又用轻而严肃的声音向这某某同学和气地说:"下次上课时不要看别的书。"或者:"下次痰不要吐在地板上。"说过之后他微微一鞠躬,表示"你出去吧"。出来的人大都脸上发红,带着难为情的表情(我每次在教室外等着,亲自看到的)。又有一次下音乐课,最后出去的人无心把门一拉,碰得太重,发出很大的声音。他走了数十步之后,李先生走出门来,满面和气地叫他转来。等他到了,李先生又叫他进教室来。进了教室,李先生用很轻而严肃的声音向他和气地说:"下次走出教室,轻轻地关门。"就对他一鞠躬,送他出门,自己轻轻地把门关了。最不易忘却的,是有一次上弹琴课的时候。我们是师范生,每人都要学弹琴,全校有五六十架风琴及两架钢琴。风琴每室两架,给学生练习用;钢琴一架放在唱歌教室里,一架放在弹琴教室里。上弹琴课时,十数人为一组,环立在琴旁,看李先生范奏。有一次正在范奏的时候,有一个同学放一个屁,没有声音,却是很臭。钢琴,李先生及十数同学全都沉浸在亚莫尼亚气体中。同学大都掩鼻或发出讨厌的声音。李先生眉头一皱,自管自弹琴(我想他一定屏息着)。弹到后来,亚莫尼亚气散光了,他的眉头方才舒展。教完以后,下课铃响了。李先生立起来一鞠躬,表示散课。散课以后,同学还未出门,李先生又郑重地宣告:"大家等一等去,还有一句话。"大家又肃立了。李先生又用很轻而严肃的声音和气地说:"以后放屁,到门外去,不要放在室内。"接着又一鞠躬,表示叫我们出去。同学都忍着笑,一出门来,大家快跑,跑到远处去大笑一顿。

李先生用这样的态度来教我们音乐,因此我们上音乐课时,觉得比其他一切课更严肃。同时对于音乐教师李叔同先生,比对其他教师更敬仰。他虽然常常请假,没有一个人怨他,似乎觉得他请假是应该的。但读者要知道,他的受人崇敬,不仅是为了上述的郑重态度的原故;他的受人崇敬使人真心地折服,是另有背景的。背景是什么呢?就是他的人格。他的人格,值得我们崇敬的有两点:第一点是凡事认真,第二点是多才多艺。先讲第一点:李先生一生的最大特点是"凡事认真"。他对于一件事,不做则已,要做就非做得彻底不可。①他出身于富裕之家,他的父亲是天津有名的银行家。他是第五位姨太太所生。他父亲生他时,年已七十二岁。他堕地后就遭父丧,又逢家庭之变,青年时就陪了他的生母南迁上海。在上海南洋公学读书奉母时,他是一个翩翩公子。当时上海文坛有著名的沪学会,李先生应沪学会征文,名字屡列第一。从此他就为沪上名人所器重,而交游日广,终以"才子"驰名于当时的上海。所以后

---

① 从"他虽然常常请假……"至此的数行,编入1957年版《缘缘堂随笔》时有删改。

来他母亲死了,他赴日本留学的时候,作一首《金缕曲》,词曰:"披发佯狂走。莽中原暮鸦啼彻几株衰柳。破碎河山谁收拾,零落西风依旧。便惹得离人消瘦。行矣临流重太息,说相思刻骨双红豆。愁黯黯,浓于酒。漾情不断淞波溜。恨年年絮飘萍泊,庶难回首。二十文章惊海内,毕竟空谈何有!听匣底苍龙狂吼。长夜西风眠不得,度群生那惜心肝剖。是祖国,忍孤负?"读这首词,可想见他当时豪气满胸,爱国热情炽盛。他出家时把过去的照片统统送我,我曾在照片中看见过当时在上海的他:丝绒碗帽,正中缀一方白玉,曲襟背心,花缎袍子,后面挂着胖辫子,底下缎带扎脚管,双梁厚底鞋子,头抬得很高,英俊之气,流露于眉目间。(读者恐没有见过上述的服装。这是光绪年间上海最时髦的打扮。问你们的祖父母,一定知道。)真是当时上海一等的翩翩公子。这是最初表示他的特性:凡事认真。他立意要做翩翩公子,就彻底的做个翩翩公子。

后来他到日本,看见明治维新的文化,就渴慕西洋文明。他立刻放弃了翩翩公子的态度,改做一个留学生。他入东京美术学校,同时又入音乐学校。这些学校都是模仿西洋的,所教的都是西洋画和西洋音乐。李先生在南洋公学时英文学得很好;到了日本,就买了许多西洋文学书。他出家时曾送我一部残缺的原本《莎士比亚全集》,他对我说:"这书我从前细读过,有许多笔记在上面,虽然不全,也是纪念物。"由此可想见他在日本时,对于西洋艺术全面进攻,绘画、音乐、文学、戏剧都研究。后来他在日本创办春柳剧社,纠集留学同志,共演当时西洋著名的悲剧《茶花女》（小仲马著）。他自己把腰束小，把发拖长，粉墨登场，扮作茶花女。这照片，他出家时也送给我，一向归我保藏，直到抗战时为兵火所毁。现在我还记得这照片：鬈发，白的上衣，白的长裙拖着地面，腰身小到一把，两手举起托着后头，头向右歪侧，眉峰紧蹙，眼波斜睇，正是茶花女自伤命薄的神情。另外还有许多演剧的照片，不可胜记。这春柳剧社后来迁回中国，李先生就脱出，由另一班人去办，便是中国最初的"话剧"社。由此可以想见，李先生在日本时，是彻头彻尾的一个留学生。我见过他当时的照片：高帽子、硬领、硬袖、燕尾服、史的克（即手杖）、尖头皮鞋，加之长身、高鼻，没有脚的眼镜夹在鼻梁上，竟活像一个西洋人。这是第二次表示他的特性：凡事认真。学一样，像一样。要做留学生，就彻底的做个留学生。

他回国后，在上海《太平洋报》报社当编辑。不久，就被南京高等师范请去教图画、音乐。后来又应杭州浙江两级师范学校（就是我就学的浙江第一师范的前身。李先生从两级师范一直教到第一师范）之聘，同时教两地两校，每月中半个月住南京，半个月住杭州。两校都请助教，他不在时由助教代课。这时候，李先生已由留学生变为"教师"。这一变，变得真彻底：漂亮的洋装不穿了，却换上灰色粗布袍子、黑布马褂、布底鞋子。金丝边眼镜也换了黑的钢丝边眼镜。他是一个修养很深的美术家，所以对于仪表很讲究。虽然布衣，形式却很称身，色泽常常整洁。他穿布衣，全无穷相，而另具一种朴素的美。

你可想见，他是扮过茶花女的，身材生得非常窈窕。穿了布衣，仍是一个美男子。"淡妆浓抹总相宜"，这诗句原是描写西子的，但拿来形容我们的李先生的仪表，也最适用。今人侈谈"生活艺术化"，大都好奇立异，非艺术的。李先生的服装，才真可称为生活的艺术化。他一时代的服装，表出着一时代的思想与生活。各时代的思想与生活判然不同，各时代的服装也判然不同。布衣布鞋的李先生，与洋装时代的李先生、曲襟背心时代的李先生，判若三人。这是第三次表示他的特性：认真。

我二年级时，图画归李先生教。他教我们木炭石膏模型写生。同学一向描惯临画，起初无从着手。四十余人中，竟没有一个人描得像样的。后来他范画给我们看。画毕把范画揭在黑板上。同学们大都看着黑板临摹。只有我和少数同学，依他的方法从石膏模型写生。我对于写生，从这时候开始发生兴味。我到此时，恍然大悟：那些粉本原是别人看了实物而写生出来的。我们也应该直接从实物写生入手，何必临摹他人，依样画葫芦呢？于是我的画进步起来。有一晚，我为级长的公事，到李先生房间里去报告。报告毕，我将退出，李先生喊我转来，又用很轻而严肃的声音和气地对我说："你的图画进步快。我在南京和杭州两处教课，没有见过像你这样进步快速的人。你以后可以……"当晚这几句话，便确定了我的一生。可惜我不记得年月日时，又不相信算命。如果记得，而又迷信算命先生的话，算起命来，这一晚一定是我一生中一个重要关口。因为从这晚起，我打定主意，专门学画，把一生奉献给艺术，直到现在没有变志。从这晚以后，我对师范学校的功课忽然懈怠，常常逃课学画。以前学期考试联列第一，此后一落千丈，有时竟考末名。幸有前两年的好成绩，平均起来，毕业成绩犹得第二十名。这些关于我的话现在不应详述。且说李先生自此以后，[①]与我接近的机会更多。因为我常去请他教画，又教日本文。因此以后的李先生的生活，我所知道的更为详细。他本来常读性理的书，后来忽然信了道教，案头常常放着道教的经书。那时我还是一个毛头青年，谈不到宗教。李先生除绘事外，并不对我谈道。但我发现他的生活日渐收敛起来，像一个人就要动身赴远方时的模样。他常把自己不用的东西送给我。后来又介绍我从夏丏尊先生学日本文，因他没有工夫教我。他的朋友日本画家大野隆德、河合新藏、三宅克己等到西湖来写生时，他带了我去请他们吃一次饭，以后就把这些日本人交给我，叫我引导他们（我当时已能讲普通应酬的日本话）。他自己就关起房门来研究道学。有一天，他决定入大慈山去断食，我有课事，不能陪去，由校工闻玉陪去。数日之后，我去望他。见他躺在床上，面容消瘦，但精神很好，对我讲话，同平时差不多。他断食共十七日，由闻玉扶起来，摄一个影，影片上端由闻玉题字："李息翁先生断食后之像，侍子闻玉题。"这照片后来制成明信片分送朋友。像的下面用铅字排印着。"某年月日，入大慈山断食十七日，身心灵化，欢乐康强——欣欣道人记。"李先

[①] 从"有一晚……"至此的十几行，在编入1957年版《缘缘堂随笔》时被作者删改。

生这时候已由"教师"一变而为"道人"了。学道就断食十七日，也是他凡事认真的表示。

但他学道的时候很短。断食以后，不久他就学佛。他自己对我说：他的学佛是受马一浮先生指示的。出家前数日，他同我到西湖玉泉去看一位程中和先生。这程先生原来是当军人的，现在退伍，住在玉泉，正想出家为僧。李先生同他谈得很久。此后不久，我陪大野隆德到玉泉去投宿，看见一个和尚坐着，正是这位程先生。我想称他"程先生"，觉得不合。想称他法师，又不知道他的法名（后来知道是弘伞）。一时周章得很。我回去对李先生讲了，李先生告诉我，他不久也要出家为僧，就做弘伞的师弟。我愕然不知所对。过了几天，他果然辞职，要去出家。出家的前晚，他叫我和同学叶天瑞、李增庸三人到他的房间里，把房间里所有的东西送给我们三人。第二天，我们三人送他到虎跑。我们回来分得了他的"遗产"，再去望他时，他已光着头皮，穿着僧衣，俨然一位清癯的法师了。我从此改口，称他为"法师"。法师的僧腊（就是做和尚的年代）二十四年。这二十四年中，我颠沛流离，他一贯到底，而且修行功夫愈进愈深。当初修净土宗，后来又修律宗。律宗是讲究戒律的。一举一动，都有规律，做人认真得很。这是佛门中最难修的一宗。数百年来，传统断绝，直到弘一法师方才复兴，所以佛门中称他为"重兴南山律宗第十一代祖师"。修律宗如何认真呢？一举一动，都要当心，勿犯戒律（戒律很详细，弘一法师手写一部，昔年由中华书局印行的，名曰《四分律比丘戒相表记》）。①举一例说：有一次我寄一卷宣纸去，请弘一法师写佛号。宣纸很多，佛号所需很少。他就要来信问我，余多的宣纸如何处置。我原是多备一点，由他随意处置的，但没有说明，这些纸的所有权就模糊，他非问明不可。我连忙写回信去说，多余的纸，赠与法师，请随意处置。以后寄纸，我就预先说明这一点了。又有一次，我寄回件邮票去，多了几分。他把多的几分寄还我。以后我寄邮票，就预先声明：多余的邮票送与法师。诸如此类，俗人马虎的地方，修律宗的人都要认真。② 有一次他到我家。我请他藤椅子里坐。他把藤椅子轻轻摇动，然后慢慢地坐下去。起先我不敢问。后来看他每次都如此，我就启问。法师回答我说："这椅子里头，两根藤之间，也许有小虫伏着。突然坐下去，要把它们压死，所以先摇动一下，慢慢地坐下去，好让它们走避。"读者听到这话，也许要笑。但这正是做人认真至极的表示。模仿这种认真的精神去做社会事业，何事不成，何功不就？我们对于宗教上的事情，不可拘泥其"事"，应该观察其"理"。③

如上所述，弘一法师由翩翩公子一变而为留学生，又变而为教师，三变而为道人，四变而为和尚。每做一种人，都十分像样。好比全能的优伶：起老生像个老生，起小生像个小生，

---

① 从"修律宗如何认真呢"至此的数行，在编入1957年版的《缘缘堂随笔》时有删改，现据旧版恢复。
② 从"诸如此类"至此的一句，在1957年版《缘缘堂随笔》中删去。
③ 从"模仿这种认真的精神……"至此的两句，在1957年版《缘缘堂随笔》中被作者删去。

起大面又很像个大面……都是"认真"的原故。以上已经说明了李先生人格上的第一特点。①

李先生人格上的第二特点是"多才多艺"。西洋文艺批评家批评德国的歌剧大家华葛纳尔(瓦格纳)(Wagner)有这样的话:"阿普洛(阿波罗)(Appolo,文艺之神)右手持文才,左手持乐才,分赠给世间的文学家和音乐家。华葛纳尔却兼得了他两手的赠物。"意思是说,华葛纳尔能作曲,又能作歌,所以做了歌剧大家。拿这句话批评我们的李先生,实在还不够用。李先生不但能作曲,能作歌,又能作画,作文,吟诗,填词,写字,治金石,演剧。他对于艺术,差不多全般皆能。而且每种都很出色。专门一种的艺术家大都不及他,要向他学习。作曲和作歌,读者可在开明书店出版的《中文名歌五十曲》中窥见。这集子中载着李先生的作品不少。每曲都脍炙人口。他的油画,大部分寄存在北平(北京)美专,现在大概还在北平。写实风而兼印象派笔调,每幅都很稳健,精到,为我国洋画界难得的佳作。他的诗词文章,载在从前出版的《南社文集》中,典雅秀丽,不亚于苏曼殊。他的字,功夫尤深,早年学黄山谷,中年专研北碑,得力于《张猛龙碑》尤多。晚年写佛经,脱胎换骨,自成一家,轻描淡写,毫无烟火气。他的金石,同字一样秀美。出家前,他的友人把他所刻的印章集合起来,藏在西湖上西泠印社的石壁的洞里。洞口用水泥封好,题着"息翁印藏"四字(现

---

① 从这最后一句至全文结束的几段,在编入1957年版《缘缘堂随笔》时被作者删去,改为数行结束语。

在也许已被日本人偷去）。他的演剧，前已说过，是中国话剧的鼻祖。总之，在艺术上，他是无所不精的一个作家。艺术之外，他又曾研究理学（阳明、程、朱之学，他都做过功夫。后来由此转入道教，又转入佛教的）。研究外国文……李先生多才多艺，一通百通。所以他虽然只教我音乐图画，他所擅长的却不止这两种。换言之，他的教授图画音乐，有许多其他修养作背景，所以我们不得不崇敬他。借夏先生的话来讲：他做教师，有人格作背景，好比佛菩萨的有"后光"。所以他从不威胁学生，而学生见他自生畏敬。从不严责学生（反之，他自己常常请假），而学生自会用功。他是实行人格感化的一位大教育家。我敢说：自有学校以来，自有教师以来，未有盛于李先生者也。

青年的读者，看到这里，也许要发生这样的疑念：李先生为什么不做教育家，不做艺术家，而做和尚呢？

是的，我曾听到许多人发这样的疑问。他们的意思，大概以为做和尚是迷信的，消极的，暴弃的，可惜得很！倘不做和尚，他可在这僧腊二十四年中教育不少的人才，创作不少的作品，这才有功于世呢。

这话，近看是对的，远看却不对。用低浅的眼光，从世俗习惯上看，办教育，制作品，实实在在的事业，当然比做和尚有功于世。远看，用高远的眼光，从人生根本上看，宗教的崇高伟大，远在教育之上。——但在这里须加重要声明：一般所谓佛教，千百年来早已歪曲化而失却真正佛教的本意。一般佛寺里的和尚，其实是另一种奇怪的人，与真正佛教毫无关系。

因此世人对佛教的误解,越弄越深。和尚大都以念经念佛做道场为营业。居士大都想拿佞佛来换得世间名利恭敬,甚或来生福报。还有一班恋爱失败,经济破产,作恶犯罪的人,走投无路,遁入空门,以佛门为避难所。于是乎,未曾认明佛教真相的人,就排斥佛教,指为消极,迷信,而非打倒不可。歪曲的佛教应该打倒;但真正的佛教,崇高伟大,胜于一切。——读者只要穷究自身的意义,便可相信这话。譬如:为什么入学校?为了欲得教养。为什么欲得教养?为了要做事业。为什么要做事业?为了满足你的人生欲望。再问下去,为什么要满足你的人生欲望?你想了一想,一时找不到根据,而难于答复。你再想一想,就会感到疑惑与虚空。你三想的时候,也许会感到苦闷与悲哀。这时候你就要请教"哲学",和他的老兄"宗教"。这时候你才相信真正的佛教高于一切。

所以李先生的放弃教育与艺术而修佛法,好比出于幽谷,迁于乔木,不是可惜的,正是可庆的。

弘一法师逝世(1943年10月13日)后第一百六十七日作于四川五通桥旅舍

《中学生》战时半月刊第63期(1943年)

今日我来师已去

法味

暮春的一天，弘一师从杭州招贤寺寄来了一张邮片说：

"近从温州来杭，承招贤老人殷勤相留，年内或不复它适。"

我于六年前将赴日本的前几天的一夜，曾在闸口凤生寺向他告别。以后仆仆奔走，沉酣于浮生之梦，直到这时候未得再见。这一天接到他的邮片，使我非常感兴。那笔力坚秀，布置妥帖的字迹，和简洁的文句，使我陷入了沉思。做我先生时的他，出家时的他，六年前的告别时的情景，六年来的我……霎时都浮出在眼前，觉得这六年越发像梦了。我就决定到杭州去访问。过了三四日，这就被实行了。

同行者是他的老友，我的先生SS[①]，也是专诚去访他的。从上海到杭州的火车，几乎要行六小时。我在车中，一味回想着李叔同先生——就是现在的弘一师——教我绘图音乐那时候

---

① 指夏丏尊。

的事。对座的S先生从他每次出门必提着的那只小篮中抽出一本小说来翻,又常常向窗外看望。车窗中最惹目的是接续奔来的深绿的桑林。

车到杭州,已是上灯时候。我们坐东洋车到西湖边的清华旅馆定下房间,就上附近一家酒楼去。杭州是我的旧游之地。我的受李叔同先生之教,就在贡院旧址第一师范。八九年来,很少重游的机会,今晚在车中及酒楼上所见的夜的杭州,面目虽非昔日,然青天似的粉墙,棱角的黑漆石库墙门,冷静而清楚的新马路,官僚气的藤轿,叮当的包车,依然是八九年前的杭州的面影,直使我的心暂时返了童年,回想起学生时代的一切的事情来。这一夜天甚黑。我随S先生去访问了几个住在近处的旧时师友,不看西湖就睡觉了。

翌晨七时,即偕S先生乘东洋车赴招贤寺。走进正殿的后面,招贤老人就出来招呼。他说:

"弘一师日间闭门念佛,只有送饭的人出入,下午五时才见客。"

他诚恳地留我们暂时坐谈,我们就在殿后窗下的椅上就座,S先生同他谈话起来。

招贤老人法号弘伞,是弘一师的师兄,二人是九年前先后在虎跑寺剃度的。我看了老人的平扁的颜面,听了他的粘润的声音,想起了九年前的事:

他本来姓程名中和。李先生剃度前数月,曾同我到玉泉寺去访他,且在途中预先对我说:

"这位程先生在二次革命时曾当过团长(?),亲去打南京。近来忽然悟道,暂住在玉泉寺为居士,不久亦将剃度。"

我第一次见他时,他穿着灰白色的长衫,黑色的马褂,靠在栏上看鱼。一见他那平扁而和蔼的颜貌,就觉得和他的名字"中和"异常调和。他的齿的整齐,眼线的平直,面部的丰满,及脸色的暗黄,一齐显出无限的慈悲,使人见了容易联想螺蛳顶下的佛面,万万不会相信这面上是配戴军帽的。不久,这位程居士就与李先生相继出家。后来我又在虎跑寺看见他穿了和尚衣裳做晚课,听到他的根气充实而永续不懈的粘润的念佛声。

这是九年前的事了。如今重见,觉得除了大概因刻苦修行而蒙上的一层老熟与镇静的气象以外,声音笑貌,依然同九年前一样。在他,九年的时间真是所谓"如一日"吧!记得那时我从杭州读书归来,母亲说我的面庞像猫头;近来我返故乡,母亲常说我面上憔悴瘦损,已变了狗脸了。时间,在他真是"无老死"[①]的,在我真如灭形伐性之斧了。——当 S 先生和他谈话的时候我这样想。

坐了一会,我们就辞去。出寺后,又访了湖上几个友人,就搭汽车返旗营。[②] 在汽车中谈起午餐,我们准拟吃一天素。但到了那边,终于进王饭儿店去吃了包头鱼。

下午我与 S 先生分途,约于五时在招贤寺山门口会集。等到我另偕了三个也要见弘一师的朋友到招贤寺时,见弘一师已与 S 先生对坐在山门口的湖岸石埠上谈话了。弘一师见我们,就立起身来,用一种深欢喜的笑颜相迎。我偷眼看他,这笑颜

---
① 语出《心经》。
② 旗营,即今西湖湖滨一带。

直保留到引我们进山门之后还没有变更。他引我们到了殿旁一所客堂。室中陈设简单而清楚，除了旧式的椅桌外，挂着梵文的壁饰和电灯，大家坐了，暂时相对无言。然后S先生提出话题，介绍与我同来的Y君。Y君向弘一师提出关于儒道、佛道的种种问题，又缕述其幼时的念佛的信心，及其家庭的事情。Y君每说话必垂手起立。弘一师用与前同样的笑颜，举右手表示请他坐。再三，Y君直立如故。弘一师只得保持这笑颜，双手按膝而听他讲。

我危坐在旁，细看弘一师神色颇好，眉宇间秀气充溢如故，眼睛常常环视座中诸人，好像要说话。我就乘机问他近来的起居，又谈起他赠给立达学园的《续藏经》的事。这经原是王涵之先生赠他的。他因为自己已有一部，要转送他处，去年S先生就为立达学园向他请得了，弘一师因为以前也曾有二人向他请求过，而久未去领，故嘱我写信给那二人，说明原委，以谢绝他们。他回入房里去了许久，拿出一张通信地址及信稿来，暂时不顾其他客人，同我并坐了，详细周到地教我信上的措词法。这种丁宁郑重的态度，我已十年不领略了。这时候使我顿时回复了学生时代的心情。我只管低头而唯唯，同时俯了眼窥见他那绊着草鞋带的细长而秀白的足趾，起了异常的感觉。

"初学修佛最好是每天念佛号。起初不必求长，半小时，一小时都好。惟须专意，不可游心于他事。要练习专心念佛，可自己暗中计算，以每五句为一单位，凡念满五句，心中告一段落，或念满五句，摘念珠一颗。如此则心不暇他顾，而可专意于念佛了。初学者以这步工夫为要紧，又念佛时不妨省去'南无'二字，而略称'阿弥陀佛'。则可依时辰钟的秒声而念，即以'的格（强）的格（弱）'的一个节奏（rhythm）的四拍合'阿弥陀佛'四字，继续念下去，效果也与前法一样。"

Y君的质问，引起了弘一师普遍的说教。旁的人也各提出问话：有的问他阿弥陀佛是什么意义，有的问他过午不食觉得肚饥否，有的问他壁上挂着的是什么文字。

我默坐旁听着，只是无端地怅惘。微雨飘进窗来，我们就起身告别，他又用与前同样的笑颜送我们到山门外，我们也笑着，向他道别，各人默默地，慢慢地向断桥方面踱去。走了一段路，我觉得浑身异常不安，如有所失，却想不出原因来。忽然看见S先生从袋中摸出香烟来，我恍然悟到这不安是刚才继续两小时模样没有吸烟的原故。就向他要了一支。

是夜我们吃了两次酒，同席的都是我的许久不见的旧时师友。有几个先生已经不认识我，旁的人告诉他说"他是丰仁"。我听了别人呼我这个久已不用的名字，又立刻还了我的学生时代。有一位先生与我并座，却没有认识我，好像要问尊姓的样子。我不知不觉地装出幼时的语调对他说，"我是丰仁，先生教过我农业的。"他们筛酒①时，笑着问我"酒吃不吃？"又有拿了香烟问我"吸烟不？"的。我只得答以"好的，好的"，心中却自忖着"烟酒我老吃了！"教过我习字的一位先生又把自己的荸荠省给我吃。我觉得非常的拘束而不自然，我已完全孩子化了。

---

① 筛酒，作者家乡话，意即斟酒。

回到旅馆里，我躺在床上想："杭州恐比上海落后十年吧！何以我到杭州，好像小了十岁呢？"

翌晨，S先生因有事还要勾留，我独自冒大雨上车返上海。车中寂寥得很，想起十年来的心境，犹如常在驱一群无拘束的羊，才把东边的拉拢，西边的又跑开去。拉东牵西，瞻前顾后，困顿得极。不但不由自己拣一条路而前进，连体认自己的状况的余暇也没有。这次来杭，我在弘一师的明镜里约略照见了十年来的自己的影子了。我觉得这次好像是连续不断的乱梦中一个欠伸，使我得暂离梦境；拭目一想，又好像是浮生路上的一个车站，使我得到数分钟的静观。

车到了上海，浮生的淞沪车又载了我颠簸倾荡地跑了！更不知几时走尽这浮生之路。

过了几天，弘一师又从杭州来信，大略说："音出月拟赴江西庐山金光明会参与道场，愿手写经文三百叶分送各施主。经文须用朱书，旧有朱色不敷应用，愿仁者集道侣数人，合赠英国制水彩颜料vermilion（朱红）数瓶。"末又云："欲数人合赠者，俾多人得布施之福德也。"

我与S先生等七八人合买了八瓶Windsor Newton（温泽·牛顿）制的水彩颜料，又添附了十张夹宣纸，即日寄去。又附信说："师赴庐山，必道经上海，请预示动身日期，以便赴站相候。"他的回信是："此次过上海恐不逗留，秋季归来时再图叙晤。"

后来我返故乡石门，向母亲讲起了最近访问做和尚的李叔同先生的事。又在橱内寻出他出家时送我的一包照片来看。其中有穿背心，拖辫子的，有穿洋装的，有扮《白水滩》里十三郎的，有扮《新茶花女》里的马克的，有作印度人装束的，有穿礼服的，有古装的，有留须穿马褂的，有断食十七日后的照相，有出家后僧装的照相。在旁同看的几个商人的亲戚都惊讶，有的说"这人是无所不为的，将来一定要还俗"。有的说"他可赚二百块钱一月，不做和尚多好呢！"次日，我把这包照片带到上海来，给学园里的同事们学生们看。有许多人看了，问我"他为什么做和尚？"

暑假放了，我天天袒衣跣足，在过街楼上——所谓家里写意度日。友人W君[1]新从日本回国，暂寓我家里，在我的外室里堆了零零星星好几堆的行李物件。

有一天早晨，我与W君正在吃牛乳，坐在藤椅上翻阅前天带来的李叔同先生的照片，PT两儿[2]正在外室翻转W君的柳条行李的盖来坐船，忽然一个住在隔壁的学生张皇地上楼来，说"门外有两个和尚在寻问丰先生，其一个样子好像是照相上见过的李叔同先生"。

我下楼一看，果然是弘一弘伞两法师立在门口。起初我略有些张皇失措，立了一歇，就延他们上楼。自己快跑几步，先到外室把PT两儿从他们的船中抱出，附耳说一句"陌生人来了！"移开他们的船，让出一条路，回头请二法师入室，到过街楼去。我介绍了W君，请他们坐下了，问得他们是前天到上海的，现寓大南门灵山寺，要等江西来信，然后决定动身赴庐山的日期。

---

[1] W君，指黄涵秋。
[2] P指长女阿宝（即丰陈宝），T指长子瞻瞻（即丰华瞻）。

弘一师起身走近我来，略放低声音说：

"子恺，今天我们要在这里吃午饭，不必多备菜，早一点好了。"

我答应着忙走出来，一面差P儿到外边去买汽水，一面叮嘱妻即刻备素菜，须于十一点钟开饭。因为我晓得他们是过午不食的。记得有人告诉我说，有一次杭州有一个人在一个素馆子里办了盛馔请弘一师午餐，陪客到齐已经一点钟，弘一师只吃了一点水果。今天此地离市又远，只得草草办点了。我叮嘱好了，回室，邻居的友人L君，C君，D君，都已闻知了来求见。

今日何日？我梦想不到书架上这堆照片的主人公，竟来坐在这过街楼里了！这些照片如果有知，我想一定要跳出来，抱住这和尚而叫"我们都是你的前身"吧！

我把它们捧了出来，送到弘一师面前。他脸上显出一种超然而虚空的笑容，兴味津津地，一张一张地翻开来看，为大家说明，像说别人的事一样。

D君问起他家庭的事。他说在天津还有阿哥，侄儿等；起初写信去告诉他们要出家，他们覆信说不赞成，后来再去信说，就没有回信了。

W君是研究油画的，晓得他是中国艺术界的先辈，拿出许多画来，同他长谈细说地论画，他也有时首肯，有时表示意见。我记得弘伞师向来是随俗的，弘一师往日的态度，比弘伞师谨严得多。此次却非常的随便，居然亲自到我家里来，又随意谈论世事。我觉得惊异得很！我想来是功夫深了的结果吧。

饭毕，还没有到十二时。弘一师颇有谈话的兴味，弘伞师似也欢喜和人谈话。寂静的盛夏的午后，房间里充满着从窗外草地上反射进来的金黄的光,浸着围坐谈笑的四人——两和尚,W与我,我恍惚间疑是梦境。

七岁的P儿从外室进来,靠在我身边,咬着指甲向两和尚的衣裳注意。弘一师说她那双眼生得距离很开,很是特别,他说"蛮好看的!"又听见我说她欢喜书画,又欢喜刻石印,二法师都要她给他们也刻两个。弘一师在石上写了一个"月"字(弘一师近又号论月)一个"伞"字,叫P儿刻。当她侧着头,汗淋淋地抱住印床奏刀时,弘一师不瞬目地注视她,一面轻轻地对弘伞师说:"你看,专心得很!"又转向我说:"像现在这么大就教她念佛,一定很好。可先拿因果报应的故事讲给她听。"我说:"杀生她本来是怕敢的。"弘一师赞好,就说:"这地板上蚂蚁很多!"他的注意究竟比我们周到。

话题转到城南草堂与超尘精舍,弘一师非常兴奋,对我们说:

"这是很好的小说题材!我没有空来记录,你们可采作材料呢。"现在把我所听到的记在下面。

他家在天津,他父亲是有点资产的。他自己说有许多母亲,他父亲生他时,年纪已经六十八岁。五岁上父亲就死了。家主新故,门户又复杂,家庭中大概不安。故他关于母亲,曾一皱眉,摇着头说,"我的母亲——生母很苦!"他非常爱慕他母亲。二十岁时陪了母亲南迁上海,住在大南门金洞桥(?)畔一所许宅的房子——所谓城南草堂,肄业于海洋公学,读书奉母。他母亲在他二十六岁的时候就死在这屋里。他自己说:"我从二十岁至二十六岁之间的五六年,是平生最幸福的时候。此后就是不断的悲哀与忧愁,一直到出家。"这屋的所有主许幻园是他的义兄,他与许氏两家共居住在这屋里,朝夕相过从。这时候他很享受了些天伦之乐与俊游之趣。他讲起他母病死的情形,似乎现在还有余哀。他说:"我母亲不在的时候,我正在买棺木,没有亲送。我回来,已经不在了!还只四十□岁!"大家庭里的一个庶出(?)的儿子,五岁上就没有父亲,现在生母又死了,丧母后的他,自然像游丝飞絮,飘荡无根,于家庭故乡,还有什么牵挂呢?他就到日本去。

在日本时的他,听说生活很讲究,天才也各方面都秀拔。他研究绘画,音乐,均有相当的作品,又办春柳剧社,自己演剧,又写得一手好字,做出许多慷慨悲歌的诗词文章。总算曾经尽量发挥过他的才华。后来回国,听说曾任《太平洋报》的文艺编辑,又当过几个学校的重要教师,社会对他的待遇,一般地看来也算不得薄。但在他自己,想必另有一种深的苦痛,所以说"母亲死后到出家是不断的忧患与悲哀",而在城南草堂读书奉母的"最幸福的"五六年,就成了他的永远的思慕。

他说那房子旁边有小浜,跨浜有苔痕苍古的金洞桥,桥畔立着两株两抱大的柳树。加之那时上海绝不像现在的繁华,来去只有小车子,从他家坐到大南门给十四文大钱已算很阔绰,比起现在的状况来如同隔世,所以城南草堂更足以惹他的思慕了。他后来教音乐时,曾取一首凄婉呜咽的西洋有名歌曲《My Dear Old Sunny Home》(《我可爱的阳光明媚的老家》)来改作一曲《忆儿时》,中有"高枝啼鸟,小川游鱼,曾把闲情托"之句,恐怕就是那时的自己描写了。

自从他母亲去世,他抛弃了城南草堂而去国以后,许家的家运不久也衰沉了,后来这房子也就换了主人。□年之前,他曾经走访这故居,屋外小浜,桥,树,依然如故,屋内除了墙门上的黄漆改为黑漆以外,装修布置亦均如旧时,不过改换了屋主而已。

这一次他来上海,因为江西的信没有到,客居无事,灵山寺地点又在小南门,离金洞桥很近;还有,他晓得大前门有一处讲经念佛的地方叫做超尘精舍,也想去看看,就于来访我的前一天步行到大南门一带去寻访。跑了许久,总找不到超尘精舍。他只得改道访城南草堂去。

哪里晓得!城南草堂的门外,就挂着超尘精舍的匾额,而所谓超尘精舍,正设在城南草堂里面!进内一看,装修一如旧时,不过换了洋式的窗户与栏杆,加了新漆,墙上添了些花墙洞。从前他母亲所居的房间,现在已供着佛像,有僧人在那里做课了。近旁的风物也变换了,浜已没有,相当于浜处有一条新筑的马路,桥也没有,树也没有了。他走上转角上一家旧时早有的老药铺,药铺里的人也都已不认识。问了他们,方才晓得这浜是新近被填作马路的,桥已被拆去,柳亦被砍去。那房子的主人是一个开五金店的人,那五金店主不知是信佛还是别的原故,把它送给和尚讲经念佛了。

弘一师讲到这时候,好像兴奋得很,说:

"真是奇缘!那时候我真有无穷的感触啊!"其"无穷"两字拍子延得特别长,使我感到一阵鼻酸。后来他又说:

"几时可陪你们去看看。"

这下午谈到四点钟,我们引他们去参观学园,又看了他所赠的《续藏经》,五点钟送他们上车返灵山寺,又约定明晨由

—295

我们去访，同去看城南草堂。

翌晨九点钟模样，我偕W君，C君同到灵山寺见弘一师，知江西信于昨晚寄到，已决定今晚上船，弘伞师正在送行李买船票去，不在那里。坐谈的时候，他拿出一册白龙山人墨妙来送给我们，说是王一亭君送他，他转送立达图书室的。过了一会，他就换上草鞋，一手夹了照例的一个灰色的小手巾包，一手拿了一顶两只角已经脱落的蝙蝠伞，陪我们看城南草堂去。

去到了那地方，他一一指示我们。哪里是浜，哪里是桥，树，哪里是他当时进出惯走的路。走进超尘精舍，我看见屋是五开间的，建筑总算讲究，天井虽不大，然五间共通，尚不窄仄，可够住两份人家。他又一一指示我们，说：这是公共客堂，这是他的书房，这是他私人的会客室，这楼上是他母亲的住室，这是挂"城南草堂"的匾额的地方。

里面一个穿背心的和尚见我们在天井里指点张望，就走出来察看，又打宁波白招呼我们坐，弘一师谢他，说"我们是看看的"，又笑着对他说："这房子我曾住过，二十几年以前。"那和尚打量了他一下说："哦，你住过的！"

我觉得今天看见城南草堂的实物，感兴远不及昨天听他讲的时候浓重，且眼见的房子，马路，药铺，也不像昨天听他讲的时候的美而诗的了。只是看见那宁波和尚打量他一下而说那句话的时候，我眼前仿佛显出二十几年前后的两幅对照图，起了人生刹那的悲哀。回出来时，我只管耽于遐想：

"如果他没有这母亲，如果这母亲迟几年去世，如果这母亲现在尚在，局面又怎样呢？恐怕他不会做和尚，我不会认识他，我们今天也不会来凭吊这房子了！谁操着制定这局面的权份呢？"

出了弄，步行到附近的海潮寺一游，我们就邀他到城隍庙的素菜馆里去吃饭。

吃饭的时候，他谈起世界佛教居士林尤惜阴居士为人如何信诚，如何乐善。我们晓得他要晚上上船，下午无事，就请他引导到世界佛教居士林去访问尤居士。

世界佛教居士林是新建的四层楼洋房，非常庄严灿烂。第一层有广大的佛堂，内有很讲究的坐椅，拜垫，设备很丰富，许多善男信女在那里拜忏念佛。问得尤居士住在三层楼，我们就上楼去。这里面很静，各处壁上挂着"缓步低声"的黄色的牌，看了使人愈增严肃。三层楼上都是房间。弘一师从一房间的窗外认到尤居士，在窗玻璃上轻叩了几下，我就看见一位五十岁模样的老人开门出来，五体投地地拜伏在弘一师脚下，好像几乎要把弘一师的脚抱住。弘一师但浅浅地一鞠躬，我站在后面发呆，直到老人起来延我入室，始回复到我的知觉。才记得他是弘一师的归依弟子（？）。

尤居士是无锡人，在上海曾做了不少的慈善事业，是相当知名的人。就是向来不关心于时事的我，也是预早闻其名的。他的态度，衣装，及房间里的一切生活的表象，竟是非常简朴，与出家的弘一师相去不远。于此我才知道居士是佛教的最有力的宣传者。和尚是对内的，居士是对外的。居士实在就是深入世俗社会里去现身说法的和尚。我初看见这居士林建筑设备的奢华，窃怪与和尚的刻苦修行相去何远。现在看了尤居士，方才想到这大概是对世俗的方便罢了。弘一师介绍我们三人，为我们预请尤居士将来到立达学园讲演，又为我们索取了居士林所有赠阅的书籍各三份。尤居士就引导我们去瞻观舍利室。

舍利室是一间供舍利的，约二丈见方的房间。没有窗，四壁全用镜子砌成，天花板上悬四盏电灯，中央设一座玲珑灿烂的红漆金饰的小塔，四周地上设四个拜垫，塔底角上悬许多小电灯，其上层中央供一水晶样的球，球内的据说就是舍利。舍利究竟是什么样一种东西，因为我不大懂得，本身倒也惹不起我什么感情；不过我觉得一入室，就看见自己立刻化作千万身，环视有千万座塔，千万盏灯，又面面是自己，目眩心悸，我全被压倒在一种恐怖而又感服的情绪之下了。弘一师与尤居士各参拜过，就鱼贯出室。再参观了念佛室，藏经室。我们就辞尤居士而出。

步行到海宁路附近，弘一师要分途独归，我们要送他回到灵山寺。他坚辞说，"路我认识的，很熟，你们一定回去好了，将来我过上海时再见。"又拍拍他的手巾包笑说，"坐电车钱的铜板很多！"就转身进弄而去。我目送着他，直到那瘦长的背影，没入人丛中不见了，始同W君，C君上自己的归途。

这一天我看了城南草堂，感到人生的无常的悲哀，与缘法的不可思议；在舍利室，又领略了一点佛教的憧憬。两日来都非常兴奋，严肃，又不得酒喝。一回到家，立刻叫人去打酒。

但凡为我所传闻而未敢确定的，附有（？）记号；听了忘记的，以□代字。谨向读者声明。如有错误，并请两法师原鉴。

1926年8月4日记于石门

《一般》杂志（1926年10月）

杨柳鸣蜩绿暗

悼丏师

我从重庆郊外迁居城中，候船返沪。刚才迁到，接得夏丏尊老师逝世的消息。记得三年前，我从遵义迁重庆，临行时接得弘一法师往生的电报。我所敬爱的两位教师的最后消息，都在我行旅倥偬的时候传到。这偶然的事，在我觉得很是蹊跷。因为这两位老师同样的可敬可爱，昔年曾经给我同样宝贵的教诲；如今噩耗传来，也好比给我同样的最后训示。这使我感到分外的哀悼与警惕。

我早已确信夏先生是要死的，同确信任何人都要死的一样。但料不到如此其速。八年违教，快要再见，而终于不得再见！真是天实为之，谓之何哉！

犹忆二十六年秋，卢沟桥事变之际，我从南京回杭州，中途在上海下车，到梧州路去看夏先生。先生满面忧愁，说一句话，叹一口气。我因为要乘当天的夜车返杭，匆匆告别。我说："夏先生再见。"夏先生好像骂我一般愤然地答道："不晓得能不能再见！"同时又用凝注的眼光，站立在门口目送我。我回头对他发笑。因为夏先生老是善愁，而我总是笑他多忧。岂知这一次正是我们的最后一面，果然这一别"不能再见"了！

后来我扶老携幼，仓皇出奔，辗转长沙、桂林、宜山、遵义、重庆各地。夏先生始终住在上海。初年还常通信。自从夏先生被敌人捉去监禁了一回之后，我就不敢写信给他，免得使他受累。胜利一到，我写了一封长信给他。见他回信的笔迹依旧遒劲挺秀，我很高兴。字是精神的象征，足证夏先生精神依旧。当时以为马上可以再见了，岂知交通与生活日益困难，使我不能早归；终于在胜利后八个半月的今日，在这山城客寓中接到他的噩耗，也可说是"抱恨终天"的事！

夏先生之死，使"文坛少了一位老将"，"青年失了一位导师"，这些话一定有许多人说，用不着我再讲，我现在只就我们的师弟情缘上表示哀悼之情。

夏先生与李叔同先生（弘一法师），具有同样的才调，同样的胸怀。不过表面上一位做和尚，一位是居士而已。

犹忆三十余年前，我当学生的时候，李先生教我们图画、音乐，夏先生教我们国文。我觉得这三种学科同样的严肃而有兴趣。就为了他们二人同样的深解文艺的真谛，故能引人入胜。夏先生常说："李先生教图画、音乐，学生对图画、音乐看得比国文、数学等更重。这是有人格作背景的原故。因为他教图画、音乐，而他所懂得的不仅是图画、音乐；他的诗文比国文先生的更好，他的书法比习字先生的更好，他的英文比英文先生的更好……这好比一尊佛像，有后光，故能令人敬仰。"这话也可说是"夫子自道"。夏先生初任舍监，后来教国文。但他也是博学多能，只除不弄音乐以外，其他诗文、绘画（鉴赏）、金石、书法、理学、佛典，以至外国文、科学等，他都懂得。因此能和李先生交游，因此能得学生的心悦诚服。

他当舍监的时候，学生们私下给他起个诨名，叫夏木瓜。但这并非恶意，却是好心。因为他对学生如对子女，率直开导，不用敷衍、欺蒙、压迫等手段。学生们最初觉得忠言逆耳，看见他的头大而圆，就给他起这个诨名。但后来大家都知道夏先生是真爱我们，这绰号就变成了爱称而沿用下去。凡学生有所请愿，大家都说："同夏木瓜讲，这才成功。"他听到请愿，也许暗呜叱咤地骂你一顿；但如果你的请愿合乎情理，他就当作自己的请愿，而替你设法了。

他教国文的时候，正是"五四"将近。我们做惯了"太王留别父老书"、"黄花主人致无肠公子书"之类的文题之后，他突然叫我们做一篇"自述"。而且说："不准讲空话，要老实写。"有一位同学，写他父亲客死他乡，他"星夜匍伏奔丧"。夏先生苦笑着问他："你那天晚上真个是在地上爬去的？"引得大家发笑，那位同学脸孔绯红。又有一位同学发牢骚，赞隐遁，说要"乐琴书以消忧，抚孤松而盘桓"。夏先生厉声问他："你为什么来考师范学校？"弄得那人无言可对；这样的教法，最初被顽固守旧的青年所反对。他们以为文章不用古典，不发牢骚，就不高雅。竟有人说："他自己不会做古文（其实做得很好），所以不许学生做。"但这样的人，毕竟是少数。多数学生，对夏先生这种从来未有的、大胆的革命主张，觉得惊奇与折服，好似长梦猛醒，恍悟今是昨非。这正是五四运动的初步。

李先生做教师，以身作则，不多讲话，使学生衷心感动，自然诚服。譬如上课，他一定先到教室，黑板上应写的，都先写好（用另一黑板遮住，用到的时候推开来）。然后端坐在讲台上等学生到齐。譬如学生还琴时弹错了，他举目对你一看，但说："下次再还。"有时他没有说，学生吃了他一眼，自己请求下次再还。他话很少，说时总是和颜悦色的。但学生非常怕他，敬爱他。夏先生则不然，毫无矜持，有话直说。学生便嬉皮笑脸，同他亲近。偶然走过校庭，看见年纪小的学生弄狗，他也要管："为啥同狗为难！"放假日子，学生出门，夏先生看见了便喊："早些回来，勿可吃酒啊！"学生笑着连说："不吃，不吃！"赶快走路。走得远了，夏先生还要大喊："铜钿少用些！"学生一方面笑他，一方面实在感激他，敬爱他。

夏先生与李先生对学生的态度，完全不同。而学生对他们的敬爱，则完全相同。这两位导师，如同父母一样。李先生的是"爸爸的教育"，夏先生的是"妈妈的教育"。夏先生后来翻译的《爱的教育》，风行国内，深入人心，甚至被取作国文教材。这不是偶然的事。

我师范毕业后，就赴日本。从日本回来就同夏先生共事，当教师，当编辑。我遭母丧后辞职闲居，直至逃难。但其间与书店关系仍多，常到上海与夏先生相晤。故自我离开夏先生的缘帐,直到抗战前数日的诀别,二十年间,常与夏先生接近,不断地受他的教诲。其时李先生已经做了和尚,芒鞋破体,云游四方,和夏先生仿佛是两个世界的人。但在我觉得仍是以前的两位导师,不过所导的范围由学校扩大为人世罢了。

李先生不是"走投无路,遁入空门"的,是为了人生根本问题而做和尚的。他是真正做和尚,他是痛感于众生疾苦而"行大丈夫事"的。夏先生虽然没有做和尚,但也是完全理解李先生的胸怀的;他是赞善李先生的行大丈夫事的。只因种种尘缘的牵阻,使夏先生没有勇气行大丈夫事。夏先生一生的忧愁苦闷,由此发生。

凡熟识夏先生的人,没有一个不晓得夏先生是个多忧善愁的人。他看见世间的一切不快、不安、不真、不善、不美的状态,都要皱眉,叹气。他不但忧自家,又忧友,忧校,忧店,忧国,忧世。朋友中有人生病了,夏先生就皱着眉头替他担忧;有人失业了,夏先生又皱着眉头替他着急;有人吵架了,有人吃醉了,甚至朋友的太太要生产了,小孩子跌跤了……夏先生都要皱着眉头替他们忧愁。学校的问题,公司的问题,别人都当作例行公事处理的,夏先生却当作自家的问题,真心地担忧。国家的事,世界的事,别人当作历史小说看的,在夏先生都是切身问题,真心地忧愁,皱眉,叹气。故我和他共事的时候,对夏先生凡事都要讲得乐观些,有时竟瞒过他,免得使他增忧。他和李先生一样的痛感众生的疾苦。但他不能和李先生一样行大丈夫事;他只能忧伤终老。在"人世"这个大学校里,这二位导师所施的仍是"爸爸的教育"与"妈妈的教育"。

朋友的太太生产,小孩子跌跤等事,都要夏先生担忧。那么,八年来水深火热的上海生活,不知为夏先生增添了几十万解的忧愁!忧能伤人,夏先生之死,是供给忧愁材料的社会所致使,日本侵略者所促成的!

以往我每逢写一篇文章,写完之后总要想:"不知这篇东西夏先生看了怎么说。"因为我的写文,是在夏先生的指导鼓励之下学起来的。今天写完了这篇文章,我又本能地想:"不知这篇东西夏先生看了怎么说。"两行热泪,一齐沉重地落在这原稿纸上。

1946年5月1日于重庆客寓

相逢意气为君饮

访梅兰芳

复员返沪后不久,我托友介绍,登门拜访梅兰芳先生。次日的《申报·自由谈》中曾有人为文记载,并登出我和他合摄的照片来,我久想自己来写一篇访问记:只因意远言深,几次欲说还休。今夕梅雨敲窗,银灯照壁;好个抒情良夜,不免略述予怀。

我平生自动访问素不相识的有名的人,以访梅兰芳为第一次。阔别十年的江南亲友闻知此事,或许以为我到大后方放浪十年,变了一个"戏迷"回来,一到就去捧"伶王"。其实完全不然。我十年流亡,一片冰心,依然是一个艺术和宗教的信徒。我的爱平剧是艺术心所迫,我的访梅兰芳是宗教心所驱,这真是意远言深,不听完这篇文章,是教人不能相信的。

我的爱平剧,始于抗战前几年,缘缘堂初成的时候,我们新造房子,新买一架留声机。唱片多数是西洋音乐,略买几张梅兰芳的唱片点缀。因为"五四"时代,有许多人反对平剧,要打倒它，我读了他们的文章，觉得有理，从此看不起平剧。不料留声机上的平剧音乐，渐渐牵惹人情，使我终于不买西洋音乐片子而专买平剧唱片，尤其是梅兰芳的唱片了。原来"五四"文人所反对的，是平剧的含有封建毒素的陈腐的内容，而我所爱好是平剧的夸张的象征的明快的形式——音乐与扮演。

西洋音乐是"和声的"（harmonic），东洋音乐是"旋律的"（melodic）。平剧的音乐，充分地发挥了"旋律的音乐"的特色。试看：它没有和声，没有伴奏（胡琴是助奏），甚至没有短音阶（小音阶），没有半音阶，只用长音阶（大音阶）的七个字（独来米法扫拉西），能够单靠旋律的变化来表出青衣、老生、大面等种种个性。所以听戏，虽然不熟悉剧情，又听不懂唱词，也能从音乐中知道其人的身份、性格，及剧情的大概。推想当初创作这些西皮、二黄的时候，作者对于人生情味，一定具有异常充分的理解；同时对于描写音乐一定具有异常敏捷的天才，故能抉取世间贤母、良妻、忠臣、孝子、莽夫、奸雄等各种性格的精华，加以音乐的夸张的象征的描写，而造成洗练明快的各种曲调，颠扑不破地沿用今日。抗战之前，我对平剧的爱好只限于听，即专注于其音乐的方面，故我不上戏馆，而专事收集唱片。缘缘堂收藏的百余张唱片中，多数是梅兰芳唱的。二十六（一九三七）年冬，这些唱片与缘缘堂同归于尽，胜利后重置一套，现已近于齐全了。

我的看戏的爱好，还是流亡后在四川开始的。有一时我旅居涪陵，当地有一平剧院，近在咫尺。我旅居无事，同了我的幼女一吟，每夜去看。起初，对于红袍进，绿袍出，不感兴味。后来渐渐觉得，这种扮法与演法，与其音乐的作曲法同出一轨，都是夸张的，象征的表现。例如红面孔一定是好人；白面孔一定是坏人；花面孔一定是武人；旦角的走路像走绳索；净角的走路像拔泥脚……凡此种种扮演法，都是根据事实加以极度的夸张而来的。盖善良正直的人，脸色光明威严，不妨夸张为红；奸邪暴戾的人，脸色冷酷阴惨，不妨夸张为白；好勇斗狠的人，其脸孔峥嵘突兀，不妨夸张为花。窈窕的女人的走相，可以夸张为一直线。堂堂的男子的踏大步，可以夸张得像拔泥足。因为都是根据写实的，所以初看觉得奇怪，后来自会觉得当然。至于骑马只要拿一根鞭子，开门只要装一个手势等，既免啰唆繁冗之弊，又可给观者以想象的余地。我觉得这比写实的明快得多。

　　从此，我变成了平剧的爱好者；但不是戏迷，不过欢喜听听看看而已。戏迷的倒是我的女孩子们。我的长女陈宝，三女宁馨，幼女一吟，公余课毕，都热衷于唱戏。其中一吟迷得最深，竟在学校游艺会中屡次上台扮演青衣，俨然变成了一个票友。因此我家中的平剧空气很浓。复员的时候，我们把这种空气当做行李之一，从四川带回上海。到了上海，适逢蒋介石六十诞辰，梅兰芳演剧祝寿。我们买了三万元一张的戏票，到天蟾舞台去看。抗战前我只看过他一次，那时我不爱京戏，印象早已模糊。抗战中，我得知他在上海沦陷区坚贞不屈，孤芳自赏；又有友人寄到他的留须的照片。我本来仰慕他的技术，至此又赞佩他的人格，就把照片悬之斋壁，遥祝他的健康。那时胜利还渺茫，我对着照片想：无常迅速，人寿几何，不知梅郎有否重上氍毹之日，我生有否重来听赏之福！故我坐在天蟾舞台的包厢里，看到梅兰芳在《龙凤呈祥》中以孙夫人之姿态出场的时候，连忙俯仰顾盼，自拊其背，检验是否做梦。弄得邻座的朋友莫名其妙，怪问"你不欢喜看梅兰芳的？"后来他到中国大戏院续演，我跟去看，一连看了五夜。他演毕之后，我就去访他。

我访梅兰芳的主意，是要看看造物者这个特殊的杰作的本相。上帝创造人，在人类各部门都有杰作，故军政界有英雄，学术界有豪杰。然而他们的法宝，大都全在于精神，而不在于身体。即全在于运筹、指挥、苦心、孤诣的功夫上，而不在于声音笑貌上（所以常有闻名向往，而见面失望的）。只有"伶王"，其法宝全在身体的本身上。美妙的歌声，艳丽的姿态，都由这架巧妙的机器——身体——上表现出来。这不是造物者的"特殊"的杰作吗？故英雄豪杰不值得拜访，而伶王应该拜访，去看看卸装后的这架巧妙的机器的本相。

一个阳春的下午，在一间闹中取静的洋楼上，我与梅博士对坐在两只沙发上了。照例寒暄的时候，我一时不能相信这就是舞台上的伶王。只从他的两眼的饱满上，可以依稀仿佛地想见虞姬、桂英的面影。我细看他的面孔，觉得骨子的确生得很好，又看他的身体，修短肥瘠，也恰到好处。西洋的标准人体是希腊的凡奴司（维纳斯）（Venus），在中国也有她的石膏模型流行。我想：依人体美的标准测验起来，梅郎的身材容貌大概近于凡奴司，是具有东洋标准人体的资格的。他很高兴和我说话，他的本音洪亮而带粘润。由此也可依稀仿佛地想见"云敛晴空，冰轮乍涌"和"孩儿舍不得爹爹"的音调。

从他的很高兴说话的口里，我知道他在沦陷期中如何苦心地逃避，如何从香港脱险。据说，全靠犯香港的敌兵中，有一个军官，自言幼时曾由其母亲带去看梅氏在东京的演戏，对他有好感，因此幸得脱险。又知道他的担负很重，许多梨园子弟都要他赡养，生活并不富裕。这时候他的房东正在对他下逐客令，须得几根金条方可续租。他慨然地对我说，"我唱戏挣来的钱，哪里有几根金条呢！"我很惊讶，为什么他的话使我特别感动。仔细研究，原来他爱用两手的姿势来帮助说话；而这姿势非常自然，是普通人所做不出的！

然而，当时使我感动最深的，不是这种细事，却是人生无常之恸。他的年纪才多大，今年五十六了。无论他身体如何好，今后还有几年能唱戏呢？上帝手造这件精妙无比的杰作十余年后必须坍损失效；而这坍损是绝对无法修缮的！政治家可以奠定万世之基，使自己虽死犹生；文艺家可以把作品传之后世，使人生短而艺术长。因为他们的法宝不是全在于肉体上的。现在坐在我眼前的这件特殊的杰作，其法宝全在这六尺之躯；而这躯壳比这茶杯还脆弱，比这沙发还不耐用，比这香烟罐头（他请我吸的是三五牌）还不经久！对比之下，使我何等地感慨，何等地惋惜！于是我热忱地劝请他，今后多灌留声片，多拍有声有色的电影，唱片与电影虽然也是必朽之物，但比起这短短

—311—

的十余年来，永久得多，亦可聊以慰情了。但据他说，似有种种阻难，亦未能畅所欲为。引导我去访的，是摄影家郎静山先生，和身带镜头的陈惊蹼、盛学明两君。两君就在梅氏的院子里替我们留了许多影。摄影毕，我告辞。他和我握手很久。手相家说："男手贵软，女手贵硬。"他的手的软，使我吃惊。

　　与郎先生等分手之后，我独自在归途中想：依宗教的无始无终的大人格看来，艺术本来是昙花泡影，电光石火，霎时幻灭，又何足珍惜！独怪造物者太无算计；既然造得这样精巧，应该延长其保用年限；保用年限既然死不肯延长，则犯不着造得这样精巧；大可马马虎虎草率了事，也可使人间减省许多痴情。

　　唉！恶作剧的造物主啊！忽然黄昏的黑幕沉沉垂下，笼罩了上海市的万千众生。我隐约听得造物主之声："你们保用年限又短一天！"

1947年6月2日于杭州作
《申报·自由谈》（1947年6月6—9日）